Lexique des termes typiquement australiens page 129.

Du même auteur :

Polars australiens :

- Mine de Rien, *BoD, 2019*

- Ça va fuser chez les Abos, *BoD, 2019*

- Alors on fait la bombe !, *BoD, 2019*

Bernie Lee
Éditeur : Books on Demand GmbH
12, 14 rond-point des Champs Elysées
PARIS, France
Impression : Books on Demand, GmbH
Norderstedt, Allemagne
ISBN : 9782322133642
Dépôt légal : Février 2019
Tous droits réservés pour tous pays

LA SECONDE MORT DE MICHÈLE

Polar Australien

Bernie LEE

Chapitre 1

Les collines bleues d'eucalyptus se détachaient sur un ciel rouge vif rayé de vergetures pourpres et or. La nuit n'allait pas tarder à posséder le ciel. Un vol de galahs, ces cacatoès roses et gris à huppe blanche, se posa sur un Gumtree tout proche. Ils cancanèrent un court instant et plongèrent d'un vol piaillard vers la rivière qui serpentait en contrebas. Michèle avait garé la Toyota sur un petit promontoire, dans la courbe de la Nationale A1 d'où elle admirait le paysage. Elle avait quitté Sydney cinq heures plus tôt et il lui restait encore près de deux heures de route avant d'atteindre Armidale. Elle contemplait la nature en se dégourdissant les jambes. Les ciels australiens étaient, à ses yeux, un perpétuel émerveillement, spécialement ces soirs d'avant orage, quand la palette des tons expose ses couleurs les plus franches sans la moindre ostentation.

Quelques voitures circulaient, pour la majorité descendant la colline en direction de Sydney. Elle s'apprêtait à reprendre la route lorsqu'elle vit le gros camion rutilant qui dévalait la pente. Elle aperçut, dans un éclair, le chauffeur sauter en marche et réalisa soudainement que le monstre rouge ne prendrait pas le virage. Elle n'eut pas le temps de réagir. Son cri se perdit dans le choc. Le muret de pierre, la Toyota, Michèle et le camion s'envolèrent dans le ravin, dans le sillage des galhas.

Mais, à la différence de ces volatiles, ni le camion volé, ni la voiture de location, ni la jeune Française ne savaient voler.

Chapitre 2

Paris, siège de la DGSE

Laurent relisait le dossier. Il n'avait pas connu Michèle. Il l'avait cependant entrevue deux ou trois fois dans les couloirs et, si son visage restait flou dans sa mémoire, il se remémorait néanmoins son sourire. Mais cela, son sourire, le rapport n'en faisait pas état. Les rapports ne s'intéressent qu'aux faits. Morts ou vivants y sont décrits avec l'indifférence appliquée d'un médecin légiste.

Pour lui, il n'y avait aucun doute. Il s'agissait bien d'un meurtre délibéré : le chauffeur n'avait pas été retrouvé et l'on n'avait relevé aucune trace de freinage. Pour que quelqu'un se soit donné la peine de voler un camion, d'avoir froidement exécuté un attentat, il fallait que le sujet en vaille la peine. Or, Michèle n'était pas en mission, donc dangereuse a priori pour qui que ce soit. Elle était juste en affectation dormante, officiellement simple secrétaire du poste d'expansion économique de Sydney.

La seule explication logique était qu'elle venait de tomber sur un truc important dont elle n'avait pas eu le temps de rendre compte, ou qu'elle détenait à son insu une information capitale. Quoi qu'il en soit, on ne pouvait faire que des suppositions puisqu'elle n'aurait jamais plus l'occasion de rédiger de rapport. Sa dépouille revenait en France, le Consulat s'étant chargé des formalités de rapatriement.

– Alors, Laurent ? Votre opinion ?

Le Général Berthoumieux, comme à son habitude, ne parlait guère. Il avait laissé Laurent s'imprégner du dossier. Se faisant oublier, debout face à la fenêtre, il semblait s'être évadé du bureau.

– Je n'ai pas d'opinion, mon Général. Sans doute est-ce un meurtre délibéré, mais, si vous confirmez que notre agent n'était pas en activité, je n'ai aucune raison de me faire une idée.

– Il va pourtant falloir, Laurent. Je n'aime pas beaucoup qu'on élimine mes agents, et encore moins sans raison. Je veux savoir pourquoi ce meurtre. Je veux savoir pour quelle raison un agent dormant a perdu la vie. Comme certaines de vos missions précédentes (*Lire "Mine de rien", et "Alors, on fait la bombe ?" du même auteur. NDL*) ont fait de vous un spécialiste de l'Australie, vous allez devoir m'expliquer ce qui se cache derrière ce meurtre. Michèle Taupin n'était pas en mission et l'on n'assassine pas les gens sans motif.

Chapitre 3

Sydney NSW

Depuis huit jours que Laurent farfouillait dans le récent passé de Michèle, il n'avait pas trouvé le moindre indice. Elle effectuait normalement son travail de couverture au poste d'expansion, travail qui n'était que de routine et qui n'aurait dû être qu'une sinécure. C'est d'ailleurs ce qu'il fut. Laurent ne comprenait pas. Il avait questionné ses collègues de travail, ses voisins, rien n'expliquait pourquoi elle s'était trouvée sur cette route où on l'avait assassinée.

La première information intéressante, il la recueillit auprès d'une hôtesse de "Budget Rent a car", la Société de location de voitures. L'hôtesse s'était souvenue d'elle. Elle était partie pour un week-end privé. Elle avait loué la Toyota dans cette intention. L'hôtesse se rappelait que, lorsqu'elles avaient parlé prix, Michèle avait déclaré : "175 dollars pour un week-end, c'est déjà pas mal pour un salaire de secrétaire".

Laurent en déduisit qu'à 50 $ la journée de location, soit 100 $ pour le week-end, il restait 75 $ pour l'essence, ce qui lui permettait de rouler près de 1 500 kilomètres. Cela délimitait un voyage dans un rayon compris entre 500 et 750 km, fonction qu'elle ait ou non décidé de naviguer dans le coin. Si l'on tenait compte du lieu de "l'accident" sur le New England Hyway, à 400 km au nord de Sydney, elle devait se rendre dans un secteur compris entre Tamworth, à 500 km et Glenn

Inès, à 700, en passant par Armidale, à 600. C'est dans cette direction qu'il faudrait orienter les recherches.

Laurent fit passer une annonce dans les journaux locaux et les télévisions de ces trois villes. Elle stipulait que la famille de Michèle Taupin, la Française décédée dans un accident de la route, avait fait rapatrier le corps en France. Les parents de cette enfant unique auraient souhaité conserver un souvenir de leur fille. Pour cela, ils seraient infiniment reconnaissants à toute personne qui posséderait une photo récente de la jeune femme de bien vouloir l'adresser au Consulat de France, level 26 st Martins Tower 31 Market St à Sydney 2000, qui se chargerait de faire suivre.

Quatre jours plus tard, le Consulat reçut une photo, accompagné d'un simple mot : "Pour faire suivre à la famille de Michèle Taupin". L'enveloppe avait été postée à Tamworth. Le cliché représentait Michèle assise sur un rocher de granit, tenant dans ses bras un jeune chien : un blue cattle. Si la photo ne faisait pas avancer l'enquête, elle prouvait au moins à Laurent la justesse de ses déductions. Il décida de se rendre dans la région.

Tamworth est une ville provinciale écrasée de chaleur au milieu d'une région agricole. Les blés y poussent dru sur une terre riche, épaisse et brune. Laurent fit un premier tour de ville en voiture pour en respirer l'atmosphère. Dans la rue principale, large comme un boulevard, le stationnement en épi y était limité à dix minutes, une demi-heure, une, ou deux heures, en fonction de l'éloignement au centre-ville. Laurent roulait "à l'australienne", c'est-à-dire à 20 kilomètres/heure, s'arrêtant à chaque "zébras" lorsqu'un piéton, fût-il à dix mètres du passage, pouvait laisser supposer qu'il allait traverser. Cette conduite au ralenti lui permettait de s'imprégner de l'âme de la ville. Il se surprit à épier les deux contractuels en uniforme gris qui marquaient d'un trait de craie blanche les pneus avant gauches des véhicules. Il leur suffirait de repasser lorsque la durée de temps impartie serait écoulée pour contrôler s'il restait encore des contrevenants en place.

De temps en temps, ils sortaient une sorte de tube dans lequel coulissait une pointe graduée montée sur ressort. Ils mesuraient alors la profondeur des rainures des pneus pour s'assurer que ceux-ci n'avaient pas dépassé le seuil d'usure autorisé. Ils contrôlaient également la vignette ronde de l'assurance au tiers obligatoire collée sur l'angle du pare-brise, et qui, par un gros chiffre et une couleur différente, indiquait le mois et l'année d'expiration.

En suivant de l'œil les agents verbalisateurs, il espérait trouver une place de stationnement, mais les Australiens sont très respectueux des lois et aucun d'entre eux ne cherchait à déplacer rapidement un véhicule en faute à l'approche des contractuels. Il aperçut une place qui se libérait devant le magasin Treloars dans Brisbane Street qui coupe la "Main Street" à la perpendiculaire. Ce grand "Department Store" faisait partie de son planning de prospection, du fait qu'il possédait un minilab de développement photos en une heure.
Laurent avait décidé de faire la tournée complète des photographes. Il y en avait quatorze, ce qui, pour une ville de 60 000 habitants, n'était déjà pas mal.

La chance ! Le photographe était futé. Non, il n'avait pas tiré cette photo, il utilisait du papier Fuji comme la majorité de ses confrères. Or, ce papier non griffé au verso était sans aucun doute du papier Agfa.

– Pas une autre marque ? demanda Laurent.
– Non : Fuji, Kodak, Konica sont griffés. Agfa est moins

prisé ici, il n'a pas encore fait sa percée et, même s'il est moins onéreux, seuls, quelques minilabs l'utilisent. Avec de bonnes bécanes, et surtout de bons opérateurs, la qualité des photos égale celle de la concurrence. D'ailleurs, voyez celle-ci : c'est du bon boulot.
– À votre avis, qui aurait pu tirer cette photo à Tamworth ?
– À ma connaissance, personne... Moi, si j'étais vous, je chercherais plutôt du côté d'Armidale. Ça doit être Steph le Français... d'ailleurs, vous voyez ce rocher de granit, ça, c'est un paysage d'Armidale.
Laurent remercia vivement son interlocuteur. Un coup de pot qu'il ait commencé son enquête par ce photographe. Dire que son choix avait dépendu d'une simple place de parking. Dans un sens, c'était heureux que depuis le clocher blanc de la poste, il n'avait pas trouvé à se garer avant cette place libérée devant Treloars.

À Armidale, c'était plus facile, il y avait cinq photographes dont Steph le Français qui avait un studio en plein centre-ville et un autre à l'Université.
– Bonjour, vous êtes Steph ?
– Non, moi, c'est Daniel, je suis son partenaire. Steph tient la shop de l'Université.
– J'ai besoin d'un renseignement, cette photo aurait-elle été développée chez vous ?
– ... C'est possible, Keith, qu'en penses-tu ? demanda Daniel en tendant la photo à son assistante, une grande fille australienne attablée derrière une développeuse Fuji.
– Vous ne sauriez pas qui l'aurait commandée par hasard ?

– Aucune idée, et toi Keith ?
– Ce n'est pas Michèle elle-même, mais je ne me souviens pas de l'avoir développée, sans doute Steph.
– ... Excusez-moi... Mais vous connaissez cette jeune femme ?
– Bien sûr, c'est Michèle, une copine à nous. Pas de pot la pauvre.
– ... à vous ?
– À nous, enfin à Steph, Daniel, Jean-Pierre, Monique, Laurent, moi, à la bande des Français et des assistantes.
– Ah bon ! Laurent était surpris.
– En fait, c'est surtout Steph qui la connaissait, c'est lui qui nous l'avait présentée. D'ailleurs, si ça se trouve, c'est lui qui a développé la photo. Attendez, on va l'appeler.

Elle décrocha le téléphone mural et composa un numéro. Elle attendit quelques instants, consulta sa montre et raccrocha
– Ça ne répond pas, il est déjà en route. Il ne va pas tarder, inutile de l'appeler dans sa voiture.

Steph avait garé son Cabriolet MX5 Mazda rouge devant le pub opposé, après un demi-tour sur place strictement interdit. Vêtu d'un Tee-shirt vert olive ras de cou, sans manches et très échancré sous les bras, et d'un short effiloché taillé dans un vieux Jean,
Il avait l'air parfaitement décontracté. Cheveux longs et bouclés, lunettes rondes, nu-pieds dans des tennis, il traversait la route sans se presser. Laurent se fit la réflexion qu'il ressemblait à Patrick Bruel. Il ne devait pas dépareiller à l'Université.

– Good Day Keith, tiens, tu peux me tirer ces repros noir et blanc pour demain ? Ça va Daniel ?

Il n'avait pas le moindre soupçon d'accent français. Laurent se présenta à lui.

– Bonjour, je m'appelle Laurent Marchand, je fais une enquête pour une compagnie d'assurances au sujet de la mort de Michèle Taupin. C'était une amie à vous, je crois ?

– Oui, une bonne copine. Pas de pot, hein ?

– C'est vous qui avez tiré cette photo ?

– Exact.

– Et vous savez qui l'a prise ?

– Bien sûr, c'est le père Léon. Le chien, là, sur la photo, c'est gros Bill.

– Léon, c'est qui ?

– C'est mon ami et mon voisin, et en plus, il tient le Delicatessen, deuxième shop en sortant à droite après l'opticien.

– Il connaissait Michèle ?

– Oui, il l'a connue à la maison.

– Parce qu'elle était d'ici ?

– Non, elle travaillait à Sydney, mais depuis huit mois, elle venait souvent ici passer le week-end. Elle profitait de la voiture de Franck quand il montait, ou alors elle prenait la Western Airlines.

– Elle venait vous voir quand elle a eu l'accident ?

– Sans doute. Mais, ce qui nous a surpris, c'est qu'elle n'avait pas demandé à Franck s'il venait cette semaine. Elle a dû se décider au dernier moment. Tu me diras que Franck ne montait pas ce week-end là, ça n'aurait rien changé.

Il était passé du vouvoiement au tutoiement, c'était l'habitude ici, Laurent fit de même.

– Léon, tu le connais bien ? C'est quel genre de bonhomme ?

– Léon, c'est le roi du squash. S'il te propose une partie, à moins que tu sois un champion du genre, refuse, il te mettra sur les rotules. Ce con, avec ses cinquante balais, il me bat tous les soirs. Il était prof de maths à l'Université, mais il trouve plus marrant de discuter avec les gens que de rabâcher pour des étudiants, c'est pour ça qu'il a quitté l'Uni et qu'il a ouvert sa boutique. Remarque, il ne fallait pas avoir peur, ouvrir un magasin de bouffe de luxe dans un bled de campagne, c'était pas du tout cuit. Mais, tu me diras qu'il a bien fait. Je ne sais pas s'il gagne autant, mais, grâce à lui, on trouve de quoi manger correctement ici, encore que ça soit moins grave depuis que Jean-Pierre a ouvert son resto il y a six mois, mais avant, ça dépannait bien. D'ailleurs, Daniel n'a rien changé à ses habitudes, tous les matins, il passe boire son café avec Léon au Delicatessen avant d'ouvrir le magasin. Il paraît qu'il a un café super. Moi, je n'aime pas le café.

– ... Et Bill, c'est son chien ?

– Oui, en fait, je l'ai eu tout petit, mais je ne pouvais pas m'en occuper, ce con, il bouffait tous les fauteuils, je ne pouvais rien en tirer. Mais le père Léon, il faut voir comment il l'a dressé : "aux pieds" ! Et l'autre con de Bill, il ne bouge pas une oreille. Faut dire qu'il l'a castré. D'ailleurs, Michèle l'avait engueulé pour ça.

– Pour l'avoir castré ?

– Bien sûr, imagine qu'on t'aurait fait le coup. Tu aurais aimé toi ?

– Et Michèle le voyait souvent Léon ?

– Non, quand elle venait, elle couchait à la maison, elle le voyait quand il passait le soir boire son whisky. Il est marié, enfin remarié, à une pin-up qui ne boit pas d'alcool et veut le mettre au régime sec. Alors souvent, le soir, il prétexte un footing, c'est l'excuse pour venir boire le coup chez moi.

– Si je comprends bien, Michèle, c'était ta girlfriend ?

– Pas du tout, t'as tout faux, juste une copine. J'ai deux chambres, et le week-end, elle occupait la chambre d'amis. Je

n'ai même pas regardé, si ça se trouve, il y a encore des affaires à elle qui traînent dans le placard. D'ailleurs, c'est par Blanche, ma copine, que je l'ai connue Michèle.
– Elle est d'Armidale ?
– Qui ? Blanche ? Oui, mais actuellement, elle fait des études de journalisme à l'Université de Sydney.
– Elle a connu Michèle au campus ?
– Non, à un concours d'échecs. Blanche est championne de l'État.
– Des Nouvelles Galles du Sud ?
– Oui, pas mal à 19 ans hein ? Bon, je vois que Daniel attend pour fermer la shop. On va boire un pot au pub en face, c'est la coutume chaque vendredi soir. Tu viens avec nous ?

Laurent décida de ne pas les lâcher. Décidément, l'enquête s'avérait différente de ce qu'il avait imaginé. Depuis huit mois, Michèle passait pratiquement tous ses week-ends à Armidale et ses collègues de travail n'en avaient jamais rien su. Elle avait su dresser une barrière entre sa vie professionnelle de secrétaire et sa vie privée. Peut-être sa formation maison qui la retenait de tout verbiage inutile !
Le pub était plein. Il est vrai qu'il était 17 heures 30 et que les boutiques ferment à 17 heures.
– Elle était comment Michèle ?
– Chouette. Je ne te parle pas physiquement, tu la connaissais ? Non ? Mais tu peux voir sur la photo, physiquement, elle était belle, mais c'est surtout moralement qu'elle était chouette. Très sympa, ouverte à tout, pas conne, sportive, encore que le squash pas trop. Elle avait bien essayé deux ou trois fois, mais elle avait vite laissé tomber.
– Mais, si elle venait souvent ici Michèle, ça n'aurait pas été plus pratique pour elle qu'elle trouve un boulot dans le coin ?

— Elle travaillait au poste d'Expansion, sans doute voulait-elle suivre une carrière dans l'Administration, et puis, ce n'est pas le genre de boulot qu'elle aurait pu trouver ici. Je suppose que son job lui plaisait, quoique nous n'en parlions jamais. Tu sais, Sydney, ce n'est pas loin : six cents bornes. Avec la Western-Airlines, tu en as pour 120 $ l'aller-retour week-end. Et puis, Franck l'emmenait souvent. Je pense qu'ici, elle se serait peut-être ennuyée à la longue, c'est quand même un petit bled : 30 000 habitants, y compris les 8 000 étudiants de l'Université.

— Vous faisiez quoi les week-ends ?

— Balades, avion, photos, on écoutait des disques... un peu tout, la fête chez Jean-Pierre.

— Pour qu'elle passe presque tous ses week-ends ici, c'est qu'elle devait s'y plaire

— Faut croire.

— Vous restez entre Français ?

— Pas seulement, les assistantes de la shop : Keith et Lilian sont Australiennes, Kate, la copine de Daniel aussi, Margaret, notre ancienne girlfriend également, de même que le mari de Monique.

— Monique, c'est qui ?

— Une compatriote prof de Français à l'Université. Elle a épousé un de ses anciens élèves, Greg, qui est pourri de fric. Actuellement, il fait un lotissement sur un de ses terrains excellemment placé en haut de la colline, en direction de Brisbane, et Monique a décidé d'y baptiser une rue "Coluche". Elle a déposé une demande qui a été approuvée par le Council. On doit arroser ça et faire une putain d'inauguration officielle.

— Une marrante, Monique ?

— Un peu oui. Elle a un sacré parcours : Allemagne, Chili, Maroc, trois enfants de trois pères différents. Elle a

embobiné ce puceau de Greg et lui a fait un Mongolien. C'est lui qui s'occupe des gosses et qui fait la bouffe quand elle ne commande pas les repas chez Jean-Pierre ou ne se fait pas livrer par Pizza hut.
– La belle vie.
– Pour ça, oui. Cool cool la Monique, et avec ça, elle habite la plus belle maison de la ville.

Laurent essayait de se faire une idée, qu'est-ce que Michèle était venue faire dans ce milieu. Était-ce seulement pour la détente ? Après tout, elle avait bien droit à une vie privée, d'autant qu'en affectation dormante, son emploi de secrétaire ne devait pas être des plus motivants pour un agent de renseignements. Le meurtre n'avait peut-être aucun lien avec Armidale. Tout simplement, l'assassin pouvait avoir relevé ses nombreux déplacements et… mais Steph avait bien dit qu'elle n'avait pas averti de sa venue, comme si elle désirait faire un voyage incognito dans la région… Peut-être tout simplement une décision de dernière heure ?
Décidément, l'enquête s'annonçait difficile. À Sydney, travail classique de secrétaire, pas le moindre indice. Ici, ça semblait mal parti aussi. Laurent se dit qu'on finirait par tomber sur un crime de fou, ou pire encore, par ne rien trouver du tout.
– Michèle, elle s'entendait bien avec Monique ?
– Oui, en fait, il n'y a pas longtemps qu'elles se connaissent.
– Et d'après toi ?
– Dis donc. Il ne faudrait pas me croire plus con que je ne suis. Tu fais une enquête sur l'accident ou sur Michèle ?
– Pourquoi me demandes-tu ça ?
– Parce que l'accident n'a pas eu lieu ici à ce que je sache. Je ne vois pas très bien ce que nous pourrions t'en

apprendre. Et puis, j'ai quand même suivi l'enquête de police à la télé : un camion volé dont le conducteur occasionnel a mystérieusement disparu, pas de traces de freinage. Tu penses vraiment que c'est un accident ? Elle faisait quoi au juste Michèle comme boulot ? Et toi, tu bosses pour qui ?

– Je te l'ai dit, j'enquête pour l'assurance. Il se pourrait justement que ce soit un crime passionnel déguisé. Une supposition que le camionneur justement soit un amoureux éconduit et qu'il y ait eu crime, dans ce cas, notre Compagnie n'aurait pas à payer. Elle se retournerait en justice contre l'assassin.

– Ouais... Désolé vieux, mais tu ne me convaincs pas tout à fait.

– C'est pourtant comme ça.

– ... Peut-être... Tu as un business card ?

– Tiens.

Laurent lui tend une carte de visite au nom de Laurent Marchand, chargé d'enquêtes. Compagnie Générale d'Assurances Eagle.

– Ta compagnie assure qui ? Michèle, la voiture ou le camion ?

– Pourquoi me demandes-tu ça ?

– Parce que j'aime bien comprendre. S'il s'agit de Michèle, il y a le rapport de police. La compagnie de location de voitures doit bien être assurée correctement, le propriétaire du camion aussi. Je ne vois toujours pas pourquoi il y a besoin d'une enquête. Ton histoire me semble bien tirée par les cheveux. Et en plus, pourquoi un enquêteur français ?

L'arrivée de deux Australiens qui se joignirent au groupe arrangea bien Laurent, lui évitant de répondre. Steph fit les présentations : - Graham et John, mes voisins, optométristes, Laurent, un Français de plus.

La conversation s'engagea tout d'abord sur un ton personnel. Graham engueulant amicalement Steph à propos de lentilles de contact. Ils prirent Laurent à témoin.

– Tu trouves normal, toi, d'en être à quinze paires de lunettes et autant de paires de lentilles ? Faut vraiment être taré pour les perdre à ce rythme au prix que ça coûte.

Laurent souriait, il s'imaginait la scène en France : un opticien oculiste engueulant un client parce qu'il dépensait trop d'argent dans son commerce. La conversation dévia ensuite sur la formule 1. Steph était un fan de Prost qu'il avait connu à Adélaïde lors du premier "Grand Prix" d'Australie. Les deux optométristes charriaient Steph sur le grand prix télévisé. Il crut bon d'en expliciter la raison à Laurent.

– Il faut que je t'explique, ici, ils ne transmettent pas les "Grands Prix" en direct sur la chaîne locale, ni sur la nationale, et à Armidale, on ne peut capter que deux chaînes au lieu des cinq à dix ailleurs. C'est d'ailleurs pourquoi tu verras ces mégas magasins de location de cassettes vidéo. La seule façon de le voir en direct, c'est sur Sky Channel, et pas un seul putain d'hôtel n'a de parabole à Armidale. Mais, j'en avais découvert un à 100 bornes, en pleine nature sur la route de Port Macquarie.

Alors, chaque fois qu'il y a un "Grand Prix", comme c'est diffusé en général vers les unes ou deux heures du matin en fonction du décalage horaire, je descends au pub après avoir loué une chambre, car il n'a que deux chambres, mais équipées avec télé. Je me tape la course et après quoi, si je ne suis pas trop crevé, je reprends la route. Or, la première fois que j'ai fait le coup, j'étais avec Franck, on a loué la piaule en disant que nous la voulions pour trois heures et qu'on s'en foutait qu'il n'y ait qu'un seul lit. Le patron nous a pris pour des pédés. Alors, ces deux cons-là, ça les fait marrer, tu vois, cinq ans après, ils

en rigolent encore. On se distrait comme on peut par ici.
Après avoir bu leur bière, les Australiens repartirent, laissant là Steph, Laurent et Keith. Daniel s'éclipsant également pour retrouver Kate.

– Bon, on va manger chez Jean-Pierre, tu viens avec nous ?

– Pourquoi pas ? Je n'ai rien de spécial de prévu. Et je suppose que, question bouffe, il vaut mieux te faire confiance.

– Tu l'as dit bouffi ! Encore que l'Italien ne soit pas mal, mais un vendredi soir, tout est réservé, c'est le soir de sortie ici. Par contre, dans ma tire, on rentre seulement deux et je ne te parle pas du coffre, quand j'ai ma mallette photo, pas question d'y ajouter un "baise-en-ville". Un fait exprès, j'ai du matériel à trimballer ce soir et je l'ai mis sur le siège passager. - Keith, tu veux bien accompagner Laurent à pied ? Tu verras, mec, c'est juste à côté, après le mall.

Chez Jean-Pierre, les Français étaient un peu chez eux. Comme le restaurant n'était pas licencié, il n'avait pas le droit de vendre de boissons alcoolisées. Ils avaient leurs bouteilles de Pineau derrière celles de jus d'orange, dans le grand frigo vitré et quelques-unes de rouge australien planquées sous le comptoir. Jean-Pierre était un bon cuistot. La bouffe était copieuse et appétissante, les Français y avaient pratiquement pris pension.

– Et encore, dit Steph, mes parents sont venus passer un mois de vacances il y a trois mois et ils m'ont offert un four à micro-ondes, ce qui fait que, parfois, j'achète des plats à emporter et je mange à la maison, mais avant, c'était ma cantine ici tous les soirs.

Jean-Pierre profita d'un creux aux fourneaux pour venir prendre un pot à la table de ses amis.

– Je te présente Laurent, il enquête sur la mort de Michèle.
– Pauvre gosse.
– Tu la connaissais aussi ?
– Bien sûr, elle venait presque tous les week-ends avec cette bande de bras cassés. Sympa comme fille. D'ailleurs, le Steph, il abusait d'elle.
– Hein ? Qu'est-ce que tu sous-entends par là ?
– Que le week-end avant l'arrivée de tes parents, elle a passé tout le dimanche à nettoyer l'appart et à charrier au moins 200 cadavres de bouteilles vides.
– Oh ! Le mec ! Gonflé ! D'accord, elle a bossé, mais Léon et moi aussi. Il nous ferait passer pour des machos ce con. Et puis, d'abord, elle n'a pas trimballé de pléonasmes, parce que des cadavres de bouteilles, c'est forcément vide duchnoque.
– En fait, c'est une coïncidence, mais Michèle et moi, nous sommes pratiquement arrivés ensemble dans la région.
– Tu étais où avant ?
– Sydney. J'avais un resto à Brighton le Sands, juste à côté des pistes de l'aéroport, près de la plage.
– Et tu la connaissais de Sydney ?
– Non, je l'ai connue ici. Mais un jour, en discutant avec elle, elle m'a dit qu'elle était venue une fois dîner à mon restaurant de Sydney avec un copain à elle, mais je ne m'en souvenais pas. Pourtant, elle m'a dit que j'aurais dû, vu que le gars est blond comme ce n'est pas permis et qu'il porte toujours des chemises à fleurs incroyables.
– Et ici, elle ne lâchait jamais les baskets à ces rigolos ?
– Non, tu sais, le Steph, on ne s'ennuie pas avec lui. Ah si, la seule chose qu'elle aimait faire seule parfois, c'est aller au Canyon.

– Où ça ?

– Au Canyon. C'est une rivière qui coule au fond d'une gorge à quelques bornes d'ici, perdue dans le bush. Tu te souviens, Steph, c'est toi qui m'as fait découvrir le coin.

– Ah ! Oui, c'est vieux, c'est juste avant que je refile gros Bill au père Léon. C'est la fois où je sortais Bill de la ville pour la première fois. Tu vois, je ne me souvenais plus que c'était avec toi. C'est incroyable l'hérédité. Ce putain de chien, il devait avoir six mois, je le sors de la voiture pour qu'il galope dans la nature, il aperçoit des vaches et des moutons. Il n'en avait jamais vu de sa vie, mais un blue cattle, comme son nom l'indique, c'est un chien à poils gris-bleu, un chien de troupeau. Dès qu'il voit les bêtes, crac ! Les poils hérissés sur le dos, en brosse ! Et il aboie, furax. Et ces cons de bêtes qui reconnaissent l'engin et qui se barrent à toute allure en gueulant. Ce n'est pas beau ça ! Il y en a un paquet de mémoires planquées dans nos chromosomes !

– Michèle n'y était pas ?

– Non, c'est avant qu'elle débarque, sinon, tu parles, elle aurait été du voyage, elle suivait partout, même à la chasse ou à la pêche avec Daniel. Elle a d'ailleurs écopé d'une amende un jour par un garde-pêche.

– Pourquoi, elle braconnait ?

– Non, elle avait pêché une grosse carpe et elle l'a rebalancée dans la rivière.

– Et alors ?

– Alors, c'est interdit. Il y en a tellement par ici de ces putains de carpes que si t'en gagnes une, tu l'as bien, tu dois te la garder, tu n'as pas le droit de la remettre à l'eau.

– Faut le savoir.

– Hé oui ! Et justement elle ne savait pas. La faute à Daniel qui aurait dû la prévenir. Tiens, voici le coupable.

Daniel arrivait, accompagné d'une petite blonde boulotte coiffée d'une coupe en bol, la nuque rasée : Kate, sa girlfriend, coiffeuse de son état. Mais la coupe, il fallait vraiment aimer, Laurent se dit que comme pub pour le salon de coiffure, on devait pouvoir trouver mieux. Par contre, il la trouva très douce et très sympa. Ils dînèrent à la française, une bonne cuisine familiale que Laurent apprécia à sa juste valeur. Il s'était offert d'aller au pub voisin puisque Jean-Pierre était un B.Y.O. et avait ramené trois bouteilles de vin australien, du rouge de l'Australie du Sud, conseillé en cela par Steph. Du vin de qualité à rendre jaloux bien des œnologues français. Puis, Steph avait offert l'hospitalité à Laurent qui l'avait acceptée sans façon.

Ainsi, c'était la chambre où Michèle avait séjourné. Dans la pièce voisine, Steph revisionnait le vidéodisque du "Grand Bleu" sur son écran Mitsubishi d'un mètre vingt de large. Laurent avait discrètement inspecté le placard de la chambre : rien, à part deux slips, un Tee-shirt, deux paires de socquettes et une paire de baskets qui pouvaient bien appartenir à Michèle ou à une autre va savoir, mais sûrement pas à Steph.
Laurent n'avait pas sommeil, il rejoignit son hôte devant l'écran télé géant. Le disque abordait une partie de la version longue expurgée au cinéma, celle où l'héroïne repart à New York. Quelqu'un frappa à la porte.
– Coming ! Salut Léon.
– Bonjour la compagnie. J'ai vu de la lumière. Bill, aux pieds !
– Dis donc, tu fais ton footing bien tard ce soir ! Alors, gros Bill, tu lui as servi d'excuse ? Tu as perdu ta maîtresse ? demande Steph en caressant le chien.
L'animal, comme à chaque visite, faisait fête à son ancien

maître, il battait de la queue, lui léchait le visage, sautait sur le canapé.

— Non, Penny est partie passer la soirée à Tamworth, sinon, tu parles, elle aurait gardé Bill pour qu'il l'accompagne dans son jogging. C'est pour ça, je me suis dit, il n'est peut-être pas trop tard pour goûter au Pineau. Excusez-moi, ajouta-t-il, à l'adresse de Laurent. Je m'appelle Léon.

— Enchanté. Moi, c'est Laurent.

— Il enquête sur la mort de Michèle. Pour l'assurance.

— Ah oui ? Mais pourquoi une enquête ?

— C'est aussi la question que j'ai posée. Bon, tu veux vraiment du Pineau ? Ou je te sers un petit whisky ?

— Je croyais que nous avions terminé la bouteille, va pour un whisky, mais pourquoi petit ?

— Et toi Laurent ? Whisky aussi ?

— Pourquoi pas ? À moins que tu aies de la Vodka ?

— J'ai ! C'est aussi mon péché mignon.

— Bill, aux pieds !

— Laisse-le, c'est son fauteuil, il ne risque plus rien.

— Tu m'étonnes à tout lui passer comme ça s'il t'en a déjà bouffé la moitié !

Laurent étudiait les deux copains qui jouaient un jeu familier.

— Dis-moi Léon, tu la connaissais bien Michèle ?

— Tu sais, j'y pensais justement. Je me disais qu'elle aurait pu être avec nous ici ce soir à prendre un pot... C'est con ce qui lui est arrivé, non ?

— Oui, c'est con. Elle ne méritait pas ça.

— Sûr que non... J'ai d'ailleurs envoyé une photo d'elle à sa famille. Pauvres gens, une si gentille gosse.

— C'est une photo que tu avais prise d'elle ?

— Oui, un jour où nous étions allés voir la petite chapelle

couverte de vigne vierge. Tu sais, continua-t-il à l'adresse de Steph, la fois où tu as volé tout le week-end ou presque pour prendre tes photos aériennes ?
— Ah ! Oui, je m'en souviens. Elle avait d'ailleurs été impressionnée par votre visite au Canyon.
— Peut-être... Tu restes quelques jours ici Laurent ?
— Un ou deux jours si je ne dérange pas.
— Oh ! Tu parles, chez Steph, c'est l'hôtel du Bon Dieu...
— Oui, tu peux rester le temps que tu veux si tu n'as pas peur du bazar.
— Merci... Dis-moi Léon, c'est si impressionnant que ça le Canyon ?
— Non. D'ailleurs, ce n'est pas tellement le paysage qui l'avait marqué, mais les gars qui étaient là. Le Canyon, elle connaissait déjà.
— Ah bon ?
— Oui, deux sortes d'alpinistes qui étaient encordés entre ciel et terre, à l'aplomb de la falaise. On avait l'impression qu'ils avaient été projetés là comme par une fronde géante. Ils semblaient encastrés dans la paroi verticale, bras et jambes écartés, on aurait dit deux papillons épinglés.
— C'est quoi, ce Canyon ?
— Oh ! C'est juste une rivière qui passe en terrain plat dans le bush. On ne s'attend pas à la trouver là, au fond d'un Canyon qu'elle a dû creuser des siècles durant, car les berges sont à pic sur près de cent mètres, comme une gerçure sur une peau lisse et plate, une crevasse.
— Et les gars faisaient de l'alpinisme ?
— Faut croire. Ce n'est pourtant pas un genre de sport très pratiqué par ici.
— Michèle pratiquait ce sport ?
— Je ne crois pas. Elle n'était pas trop sportive d'ailleurs.

Elle est venue faire deux ou trois parties de squash avec nous, mais elle a vite abandonné. Tu joues au squash ?

– Du tout, mais si ça vous dit d'aller faire une partie avec Steph, ne vous gênez pas pour moi.

– Non, non. D'ailleurs, il est trop tard et nous n'avons pas réservé de court.

Moitié par respect pour Steph qui revisionnait son film, moitié pour déguster leur verre, ils se turent tous les trois. Laurent réfléchissait. Est-ce le fait de voir deux gars accrochés à la falaise qui avait impressionné Michèle ? Ou quelque chose d'autre que Léon n'avait pas remarqué ? Ou le Canyon par lui-même ? Laurent se promit d'aller visiter le site.

Chapitre 4

– Salut.
– Salut, bien dormi ? Tu veux déjeuner ? Mes parents ont laissé du café et du thé, c'est dans ce placard. Moi, je prends seulement un jus d'oranges pressées. Si tu veux t'en presser un.
– Merci... Tu es bien matinal.
– Tu sais, ici, on se lève tôt.
– D'accord, mais aujourd'hui, c'est samedi, tu ne bosses pas, si ?
– Non. J'ai été faire un footing, maintenant, je vais aller faire une heure d'avion.
– Tu m'emmènes ?
– Si ça te chante, avec plaisir. Normalement, je tourne dans le coin pour faire mes heures de vol, mais si tu veux aller passer la journée à la mer, je peux te déposer à Port Macquarie et te reprendre ce soir.
– Non, non, c'est bien comme ça, c'est juste histoire de voir à quoi ressemble le coin, vu d'en haut.

Laurent avait déjà repéré l'aérodrome en venant de Sydney. À une dizaine de kilomètres au sud de la Ville, il semblait minuscule, surtout si on le comparait au tout nouveau qui venait d'être mis en service à Tamworth. Quand on connaît le sens du gigantisme des Australiens, il surprenait par sa petite taille. Mais il est vrai qu'au grand dam des habitants du coin, il n'était pas encore équipé de radar et de guidage au sol. Résultat : dès le moindre brouillard, les avions de Sydney stoppaient à Tamworth où et d'où les passagers étaient conduits en bus. Sur le bord de la piste, une trentaine de petits zincs privés étaient sagement alignés. Le Jodel de Steph ne déparait pas du lot. Vu du ciel, Armidale semblait encore plus petit. Les grands silos de l'Université à dominante agricole se détachent sur les collines verdoyantes du campus. Steph fit tout d'abord trois passages concentriques autour de la ville et se dirigea Sud-Est.

Les deux hommes ne parlaient pas. Des tas de gros rochers granitiques, comme des galets géants, apparaissaient parfois au milieu des bois ou des champs dénudés. Des eucalyptus morts et tristes parsemaient le paysage, leurs branches dénudées levées vers le ciel en une prière muette.

– Le Canyon ! Steph indiquait du doigt cette fente dans le bush, comme une plaie profonde incongrue en ce lieu. Le Canyon ! L'annonce avait surpris Laurent. Il ne l'imaginait pas si proche de la ville. C'est vrai que l'avion se joue des circonvolutions routières. Steph était descendu entre les berges escarpées et suivant le cours de la rivière, près de deux cents mètres séparaient les deux rives. Laurent ouvrait grands ses yeux dans l'espoir de faire une découverte. Mais laquelle ?

Il ne comprenait pas ce que Michèle cherchait ou avait bien pu découvrir à Armidale. Sans doute y était-elle venue tout d'abord par simple distraction, par amitié, par gentillesse, par habitude. Et puis, quelque chose était arrivé. Mais quoi ? L'heure de vol était écoulée. Steph avait remisé son avion au bord de la piste.

– Léon a réservé un squash de 11 à 12, tu veux venir avec nous ?

– Non merci, je vais plutôt en profiter pour visiter la ville, dépose-moi en passant si tu veux bien. Le samedi, c'est le bon jour pour faire du shopping, non ?

– Tout à fait, et si tu as des courses à faire, profites-en avant midi. Les nouvelles façons de Sydney ne sont pas encore parvenues jusqu'ici. À Armidale, nous vivons encore à l'ancienne mode : tout ferme à midi le samedi, et jusqu'au lundi matin, c'est une ville morte. Steph arrêta la voiture à un carrefour.

– Tu te reconnais ? À 50 mètres à gauche, c'est le restaurant de Jean-Pierre. Le bâtiment blanc à droite, c'est la Westpac, la poste est en face, le mall piéton commence là, il fait 300 mètres. À l'autre extrémité, c'est la shop photo, Daniel y est, il bosse, lui, le samedi matin. Après le mall, à droite, derrière Sportgirl, tu as les passages commerçants qui mènent au shopping center. Tu ne peux pas te gourer. Pour se perdre à Armidale, il faut y mettre de la bonne volonté. Par contre, si tu veux acheter des souvenirs typiquement bushman, c'est ici, tu vois le cheval grandeur nature sur la véranda du magasin ? C'est là, ou alors au Stockman's, derrière Mitre 10. Tu n'auras qu'à demander.

Laurent parcourait le mall. Qui d'autre pouvait lui parler de Michèle ? Après tout, son attrait pour cet endroit était peut-être consécutif à quelque chose qui n'avait rien à voir avec sa bande de copains. C'est vrai que ça faisait très province. Il croisait des gens en Jean, en Tee-shirt, en short et chaussettes montantes, en tenue de fermier, coiffés "d'akubra" ces chapeaux typiquement australiens, quelques aborigènes. À l'autre bout du mall, les taxis embarquaient sans discontinuer les clients chargés de paquets, à la station de taxis située juste devant le magasin photo où il s'était présenté la veille.

Le magasin Sportgirl faisait l'angle du carrefour, ses vitrines exposaient des vêtements féminins très jeunes et très modernes. Laurent décida d'y entrer. La gérante Margaret n'avait-elle pas été la girlfriend de Steph et de Daniel ? Sans doute avait-elle connu Michèle ?

– Bonjour, puis-je parler à Margaret ?

– C'est moi.

La fille était grande, brune, souriante, mince et bronzée. Elle affichait fièrement une petite poitrine haut placée que l'on apercevait dans le décolleté d'une robe noire qui l'habillait avec élégance. Elle reflétait la gentillesse, mais sûrement pas sa trentaine.

– Bonjour, je suis Laurent. Je reste chez Steph pour quelques jours. Je fais une enquête dans le coin. Tu connaissais Michèle ?

– Bien sûr, une chic fille. Daniel l'avait emmenée trois ou quatre fois à la chasse, dans la propriété de mes parents.

– Michèle chassait ? J'ignorais ça.

– Non. Elle, c'était surtout pour passer le week-end dans le bush, plutôt pour faire des photos et voir les animaux. Par contre, Daniel, il n'y a pas meilleur tireur. Mon père élève des moutons sur ses terres et il est bien content que Daniel y vienne pour tirer les lapins et les renards. À 500 mètres, il t'abat un nuisible d'un seul coup de fusil, le Daniel.

– Elle était comment Michèle ?

– Très sympa.

– Tout le monde l'aimait bien ici, n'est-ce pas ?

– Oui. On peut dire que ça nous a foutu un sacré coup quand nous avons appris la nouvelle, surtout à Steph.

– Franck n'avait pas voulu l'emmener ce jour-là ?

– Il ne "montait" pas ce week-end là. Autrement, il l'aurait sûrement fait comme il le faisait souvent.

– Je ne connais pas Franck, il travaille dans le pétrole, non ?

– Non, chez SOMFY, des moteurs électriques pour les

stores.

– Et il ne vient pas forcément toutes les semaines. Mais tu le connais bien ?

– Évidemment, c'est lui qui tenait la shop photo avec Steph avant l'arrivée de Daniel. C'est un copain à Steph, son meilleur copain. Ils étaient inséparables avant.

– Avant quoi ?

– Juste comme ça : avant. Et puis, Franck a rencontré Simone, une fille de Sydney. Elle est venue bosser trois mois ici dans ma boutique, mais elle n'a pas pu se faire à Armidale. Elle est retournée à Sydney et Franck l'a suivie.

– Ah bon ? Et ils s'entendaient, Michèle et Franck ?

– Bien sûr. D'ailleurs, qui ne se serait pas entendu avec eux ? Ils sont supers. Tu vois, pour Michèle, je continue à parler au présent.

– D'après Léon, Michèle aurait été impressionnée par une visite au Canyon, près d'ici. Elle t'en a parlé ?

– Oui, elle m'a raconté ça un jour. Ils étaient allés en balade avec Léon et elle avait été très surprise de voir deux aborigènes faire de l'alpinisme sur une face du Canyon. En fait, ce qui l'avait surprise, c'était le fait que des abos pratiquent ce genre de sport. Ce n'est pas du tout dans leurs coutumes.

– Tu es sûre que c'étaient des aborigènes ?

– Bien sûr. C'est Michèle qui me l'a dit. D'ailleurs, elle y était retournée le week-end suivant, non, pas le suivant, l'autre après. Elle m'avait emprunté ma voiture pour ces deux jours.

– Et toi, tu ne l'as pas accompagnée, tu n'avais pas besoin de ta voiture ?

– En ce temps-là, je sortais avec Daniel, on avait son 4x4.

Laurent se félicita d'être passé voir Margaret. Outre le

fait qu'elle soit très sympathique, elle lui donnait un éclairage nouveau de cette visite au Canyon. Léon n'avait pas fait état qu'il s'agissait d'aborigènes, mais peut-être ne l'avait-il pas remarqué ou n'y avait pas prêté attention, ou n'y avait pas donné d'importance. Laurent se dit que tant qu'à séjourner à Armidale, il pourrait peut-être joindre l'utile à l'agréable.

– Et maintenant, tu vis avec qui ?

– Actuellement, je suis seule.

– Ah… Ah ! Est-ce que les Australiens manquent de goût, ou est-ce toi qui préfères les Français ? Si tu es seule, tu n'as donc pas d'excuses pour refuser mon invitation pour le lunch ?

– Décidément, les Français ! Tu es sympa, mais je pars dès la fermeture du magasin à midi. Je vais passer le week-end chez mes parents. Ils ont une propriété de quelques centaines d'hectares à 80 kilomètres et on doit s'y retrouver avec mon fils.

– Tu as un fils ?

– Oui, de treize ans, qui est interne. Mais si tu veux, on peut se voir lundi ?

– O.K. va pour lundi, et bon week-end. Tu es très sympa.

– Merci, bon week-end à toi aussi. À lundi. Laisse-moi ta carte, s'il y avait le moindre problème je te téléphonerais ici le matin.

Il était presque midi. Laurent traversa la rue pour pénétrer dans le studio photo. Daniel servait deux clients. Keith était toujours assise derrière la grosse tireuse Fuji. Elle pianotait sur l'analyseur. Il attendit que le couple sorte.

– Salut !

– Bonjour. Alors, tu as eu droit au "Grand Bleu" hier soir ?

– ?...

– Oui, c'est Léon qui m'a raconté ça ce matin quand nous prenions le café. Ce sacré Steph, ça fait au moins dix fois qu'il le visionne ce film. Ce n'est pourtant pas les vidéodisques qui lui manquent !

– J'ai vu. Et encore, ce n'est rien, comparé aux disques compacts. Je n'ai jamais vu ça. Il en a plus de 2 000 !

– Il est fou. Il pourrait ouvrir un magasin. Il est incapable de mettre un dollar de côté. Le pognon ne l'intéresse pas. Moi, j'ai acheté une maison, lui, tout son fric passe dans le plaisir immédiat.

– Chacun ses choix.

– Oui, mais tu parles d'un gaspillage. Il sera incapable de s'installer, à moins de tomber sur une fille capable de le raisonner. Tiens ! Michèle, c'est le genre de nana qui aurait été bien pour lui. Mais c'était pas son truc. Ils étaient trop copains.

– ... Il m'a emmené voler ce matin. Impressionnant le Canyon, vu d'en haut.

– Oui, tu as vu !

– Nous en avons parlé justement hier soir avec Léon. Il te l'a dit ?

– Non, il m'a juste dit qu'il t'avait trouvé sympa.

Daniel regarda sa montre :

– Il doit être en train de mettre une plumée à Steph en ce moment... C'est pas que Steph soit maso, mais Léon a décidé de l'entraîner... Tu manges avec nous à midi ?

– Où ça, chez Jean-Pierre ?

– Non, il n'ouvre que ce soir, le week-end, il n'aurait personne à midi. On va manger chez moi, Karen doit faire des salades, nous déjeunons léger pour le lunch. Et puis, ce soir, nous sommes tous invités chez Monique.

– Pas moi.

– Pourquoi pas toi ? Si tu es avec nous, tu viens avec nous. Ici, c'est l'habitude, ce n'est pas un problème. Et puis, c'est un repas spécial, elle nous fait du poulet aux morilles.
– Aux morilles ?
– Oui, des tonnes de morilles qu'elle a découvertes dans la propriété de son ancien Jules. Personne ne connaît ça par ici. Elle les a fait sécher, elle en a des pleins bocaux.
– Et les Australiens n'aiment pas ?
– Non, ils ne mangent que les champignons de Paris, les champignons de couche. Les autres, ils n'y touchent pas. Figure-toi que dans le parc à côté, un jour on voit des gosses taper avec des cannes de golf dans des trucs marrons, on regarde : Des cèpes ! C'est pas bon qu'ils nous disent. La course avec Steph pour les ramasser, j'en ai un plein congélateur.

Chapitre 5

La maison de Monique devait être la plus belle de la ville. Haie, portail, allée qui s'illumine dès qu'on franchit le rayon laser. Jardin d'agrément avec Jacarandas, avocatiers, micocouliers, palétuviers, manguiers, et dans la partie arrière, un espace potager : le domaine de Monique. Ail, ciboulette, menthe, herbes aromatiques en tout genre, un rêve de cuisinier. En haut de l'escalier d'angle, le hall d'accueil. Derrière une porte massive, un couloir desservant de grandes pièces en boiserie équipées d'un chauffage central : une gâterie en Australie. C'est vrai qu'à Armidale, sur le plateau, certains jours d'hiver, il est arrivé d'y voir la neige.
Monique les attendait dans la cuisine. À la mode australienne, chaque invité, ou invité d'un invité, avait apporté des boissons.
– Salut vieille couille !
– Salut Pédé !
Entre Steph et Monique, c'était aussi un jeu, comme avec Léon.
– Tiens ma grosse, je te présente Laurent.
– Salut beau mec welcome chez les fondus. Il y a longtemps que tu as débarqué ?
– Hier.
Laurent regardait autour de lui. Monique tout en sirotant un Ricard tassé surveillait les fourneaux, ou plutôt surveillait une grande fille de seize ans, qui elle surveillait les fourneaux. Greg, son mari, essayait de faire manger son petit mongolien,

avec tendresse, douceur et patience. Ils semblaient communiquer entre eux : des yeux. Cinq jeunes garçons, parmi lesquels les trois fils de Monique, engouffraient des pizzas sur un coin de table, houspillés par la maîtresse de maison qui les pressait de vider les lieux. Les uns après les autres, à l'exclusion de Jean-Pierre, retenu par ses obligations professionnelles, le groupe de Français s'était reformé là. Patrick et sa femme, des profs de l'Université s'étaient joints à eux.

– Bruno ne vient pas ? demanda Monique.

– Il est à Sydney pour le week-end, et ce n'est pas grâce à toi, il paraît que tu as oublié de l'emmener prendre son avion.

– Merde, c'est vrai ! Mais aussi, il faut être con de compter sur moi pour ce genre de truc. Il a quand même pu partir ?

– Oui, c'est moi qui l'ai descendu en catastrophe, dit Patrick ; il doit revenir demain soir.

– Ça ne fait rien, avec Laurent, on gagne au change.

On ne peut pas dire qu'elle se sentait beaucoup culpabilisée d'avoir manqué lui faire rater l'avion. Elle servait l'apéritif, des doses à elle, des pleins verres à vin. Ses invités étaient dans le grand salon où trônait un antique piano à queue. Sans aucune gêne Patrick s'y installa pour jouer quelques airs de vieilles chansons françaises. Monique s'était approchée de Laurent, le verre à la main.

– Ne t'inquiète pas Laurent, au début, c'est toujours un peu chiant, mais à la fin, ils chanteront tous "les plaisirs des dieux" ; ça finit toujours par des chansons de cul. Tu es de quel coin de France ?

– Paris.

– Et tu es ici pour longtemps ?

– Non, de passage, juste un petit boulot dans le coin. Tu

dois voir souvent défiler des Français chez toi ? Il paraît que tu vas baptiser une rue du nom de Coluche ?

– Oui, ça, c'est un petit plaisir que je m'offre. Il faut bien que le pognon apporte quelques satisfactions.

– À voir la baraque, il t'en a déjà apporté quelques-unes, non ?

– Bof, c'est une cage dorée. J'ai du mal à me fixer, et puis, une cage dorée, même en or massif, reste toujours une cage.

– Greg a l'air sympa.

– Oui, adorable. Mais c'est un bourgeois, un petit-bourgeois, et encore c'est rien, tu l'aurais connu avant ! Sa famille a mal accepté qu'il m'épouse. C'est vrai qu'il a quinze ans de moins, qu'il est millionnaire et que j'avais déjà trois gosses. Mais, tu as vu comment il s'occupe de notre enfant ? Je n'aimerais pas lui faire de la peine. Mais parfois je m'emmerde, alors Steph, Daniel, Bruno, Patrick, Jean-Pierre, ça me change les idées.

– Et Michèle, tu as connue ?

– Oui. C'est moche hein, mourir si jeune ! Quand je pense que Steph ne se l'est même pas sautée !

– Pourquoi ? Il s'y est cassé les dents ?

– Non, je voulais dire que c'est dommage pour elle qu'elle n'ait pas au maximum profité des plaisirs de la vie. Pour Steph, lui, il plaît aux minettes, ne t'inquiète pas pour lui. Mais il a le culte de l'amitié. J'ai une jeune nièce qui a seize ans, mais tu lui en donnerais vingt, un corps de star. Elle plaisait bien à Steph, mais comme je suis partie un mois en vacances, je lui en ai confié la garde. Tu aurais vu ça, le grand frère protecteur. Il n'y aurait pas touché du bout des doigts. J'aime bien sa pudeur morale. Crois-moi que si elle avait été une quelconque étudiante, il n'aurait pas hésité comme les autres à la glisser dans son lit. Michèle, c'est pareil. Il s'était pris d'amitié fraternelle pour elle. Je suis sûr qu'il ne s'est rien passé entre eux.

– Elle était pourtant majeure.

– Oui, mais ils étaient sans doute trop copain copain pour y mêler les fesses. D'ailleurs, c'est un secret le Steph. Il n'en parle pas, mais la mort de Michèle lui a foutu un sacré coup.

– Elle n'avait pas de boy-friend ?

– Je ne sais pas. Je ne lui en ai pas connu ici. Peut-être à Sydney ? Peut-être trop intello, ou trop individualiste ? On s'est échangé quelques bouquins une fois. En fait, tu sais, je l'ai très peu connue.

– Vous partagiez les mêmes goûts, question lecture ? Et autrement, sur le plan des idées ?

– Oh, j'ai parlé une fois de voyages avec elle. Elle avait pas mal bourlingué aussi. Question lecture, elle s'intéressait peut-être à la métaphysique, à la culture aborigène, à la géologie.

– C'est toi qui lui prêtais des livres ?

– Non, elle en retirait à la bibliothèque de l'Université en utilisant la carte de Steph. Un jour, j'y suis allée, j'avais besoin d'un bouquin et elle venait d'en ramener. Et comme la fille n'avait pas eu le temps de reclasser sa fiche, j'y ai jeté un coup d'œil par curiosité pour voir le genre de lecture qui l'intéressait.

– Géologie ! Tu crois qu'elle envisageait de prospecter ? Or ou pierres précieuses, ça se fait beaucoup paraît-il dans ce pays.

– Non… C'est peut-être à cause du Canyon.

– Du Canyon ?

– Oui. Elle m'avait pas mal interrogée là-dessus quand

elle a su que j'avais quelques notions sur les roches. Avant Greg, je vivais avec un mec qui fait des bijoux fantaisie. Il a une propriété pas loin d'ici. D'ailleurs, les morilles viennent de chez lui. Pendant trois ou quatre ans, nous avons vécu ensemble en faisant des bijoux extra, en pierres serties d'argent. Lui travaille l'argent ; les pierres, c'était ma partie.

– Mais, pourquoi le Canyon ?

– Je ne sais pas. Sans doute voulait-elle savoir ce qu'on pouvait y trouver. Toujours est-il qu'elle a passé toute une journée à m'interroger sur ce putain d'endroit. En quoi le sol était-il fait, quelles différentes couches de strates…

Laurent se dit que le temps était venu qu'il aille voir un peu ce Canyon de plus près.

Chapitre 6

Le dimanche matin à dix heures, Steph traînait dans son appartement.
– Steph, j'aimerais que nous ayons une conversation sérieuse.
– Pourquoi, je ne suis pas sérieux ?
– Laisse béton, tu veux ?
– O.K., je t'écoute.
– Bon, l'autre jour, quand je t'ai parlé de mon enquête pour l'assurance, tu n'y croyais pas trop.
– Et je n'y crois toujours pas davantage.
– O.K. Je pense pouvoir te faire confiance maintenant que je te connais un peu mieux. Tu as raison, l'enquête pour l'assurance, c'était bidon. Le boulot de Michèle au poste d'expansion économique aussi. Enfin, elle y bossait, elle remplissait son rôle de secrétaire normalement, mais son vrai job, c'est le renseignement. Elle appartenait à la D.G.S.E.
– Et toi aussi.
– Et moi aussi. Sa mission, c'était juste d'être là pour le cas où le service aurait besoin d'elle, pour la mettre sur le coup si un problème survenait. On appelle ça un "agent dormant". Elle a rempli son boulot de secrétaire, comme n'importe quelle autre secrétaire. Rien de plus, rien de moins. Rien qui justifie qu'on l'assassine, car elle a bien été assassinée. Un coup monté, préparé. J'ai enquêté à Sydney : rien. Elle venait dans le coin sans vous avoir prévenus, parce qu'elle avait dû y

découvrir quelque chose, qu'elle avait quelque chose à y voir ou à y faire, en rapport avec son vrai boulot, et non pour y retrouver des copains.

– C'est exactement ce que je pense.

– Tu connaissais son job ?

– Non. Mais je m'en doutais un peu. Plus exactement, je m'en suis un peu douté après sa mort, quand j'ai essayé de comprendre, et plus encore quand tu es venu enquêter. Je vais te faire un aveu : je l'aimais bien Michèle, et je crois que c'était réciproque.

– Je sais. C'est pour ça que je veux jouer cartes sur table avec toi.

– Tu fais bien, je t'en remercie.

Steph se leva, prit deux bières "Swan Light" dans le frigo, offrit une boîte à Laurent et décapsula la seconde. Il s'assit dans son fauteuil de cuir noir relax spécial télé.

– Je t'écoute.

Laurent lui fit un résumé complet de son enquête, de ses conversations diverses, et lui fit part des convergences de renseignements qui l'orientèrent toutes vers le Canyon.

– Il faut que j'aille y voir de plus près.

– Pourquoi crois-tu que je te l'ai fait survoler hier matin ?

– Parce que…

– Parce que moi aussi, j'avais entendu Léon et son histoire d'alpinistes. Ton boulot, c'est pas mon truc. Ce que tu peux découvrir, j'en ai vraiment rien à cirer. Jouer au petit soldat, très peu pour moi. Je suis naturalisé Australien, pour moi, mon pays c'est ici. Les histoires d'agents secrets français, vraiment pas mon problème. Par contre, Michèle, c'était mon amie. Et tout ce que tu pourras faire pour découvrir ceux qui l'ont assassinée m'intéresse, mon aide t'est totalement acquise si tu la souhaites. Et tout ce que tu envisages de faire pour leur faire payer m'intéresse aussi.

— Content qu'on se comprenne.

— J'espère qu'on se comprend bien. Je veux dire qu'il n'est pas question que tu règles l'affaire de ces tueurs en me tenant hors circuit.

— On se comprend bien.

— Bon, tu veux qu'on aille au Canyon ? On va d'abord emmener le père Léon pour qu'il nous montre l'endroit exact où ils avaient vu les deux acrobates.

— On peut lui faire confiance ?

— On peut, mais tu n'es pas obligé de tout lui dire.

Ils avaient pris le petit fourgon Nissan de Léon. Pas question de monter à trois dans le cabriolet Mazda de Steph, même décapoté. Ils quittèrent rapidement la route goudronnée pour suivre un chemin de terre qui s'enfonçait dans le bush. Bien que la distance lui paraisse plus longue qu'en avion, Laurent se dit qu'il ne devait pas y avoir plus de trente kilomètres.

— Voilà, c'est là. Nous étions ici, les deux alpinistes étaient sur la berge opposée. Vous voyez en face, cette sorte de saillie à côté de la brèche qui descend tout le long ? Bon, à gauche, à dix mètres, c'est là : cette sorte de tache blanchâtre à mi-hauteur de la falaise.

De la berge, on n'apercevait rien. On voyait bien l'endroit, Laurent l'avait photographié, bien cadré dans sa tête. Steph scrutait la place au téléobjectif photo qu'il utilisait comme une longue-vue. Mais il n'y avait rien de spécifique qui différenciait ce lieu d'un autre lieu.

— Le problème, c'est pour aller sur l'autre rive, et il

faudrait trouver un équipement d'alpiniste pour grimper, dit Léon.

– Pourquoi veux-tu t'emmerder ?

– Ben, vous n'avez pas envie d'aller voir de près à quoi ça ressemble ?

– D'accord, mais pourquoi s'emmerder à grimper quand ce serait si facile de descendre ?

– Tu penses à quoi Steph ? demanda Laurent.

– Je pense que pour aller au sommet de l'autre rive, il suffit de prendre la route de Port Macquarie, traverser la rivière sur le pont routier, puis venir ici à travers bush. Le terrain est plat, ce n'est pas un problème.

– Et quand même tu serais là-bas, tu descendras comment ? À la corde lisse ?

– Non, en fauteuil ou presque. Il suffit d'emprunter le 4x4 de Daniel et d'utiliser son treuil avant. On peut facilement descendre quelqu'un accroché dans une boucle au crochet du treuil. Le résultat, c'est d'aller voir où étaient les deux types, que tu y montes ou que tu y descendes, où est la différence ?

– Pourquoi pas, je trouve l'idée de Steph assez séduisante. Vous croyez que votre ami Daniel serait d'accord pour prêter son 4x4 ?

– Bien sûr. Je lui prête bien mon cabriolet quand il veut descendre à Sydney. Non, ça, la voiture, ce n'est pas un problème. Le tout, c'est qu'il soit chez lui. En principe, il n'allait pas chasser ce week-end, il doit glander chez lui. On va y passer. Dis-moi Léon, il ne t'a pas dit qu'il avait programmé quelque chose de spécial ?

– Non. Il doit être chez lui. Ah non ! Chez Kate. Je crois qu'il devait l'aider à renforcer son carport.

– O.K. on va chez Kate.

Daniel était bien chez Kate. Ils en eurent la confirmation dès qu'ils tournèrent le carrefour en voyant son 4x4 stationné devant chez elle. Il était grimpé sur le carport et fixait de nouvelles tôles plus longues. Le carport consistait en un simple toit de tôles ondulées fixées sur six montants et qui faisaient un toit d'ombre destiné à la voiture, sur le bout de l'allée jouxtant la maison. Une gouttière était prévue pour récupérer les eaux de pluie qui étaient drainées par un tuyau jusqu'au regard où se déversaient celles du bâtiment.

– Si c'est pour un coup de main, c'est un peu tard, j'ai presque fini. Mais merci quand même.

– Ne nous remercie pas, ce n'est pas pour un coup de main.

– Ah ! Je me disais aussi… Vous venez vous faire inviter à déjeuner ?

– Non, dit Steph, on aurait besoin de ta voiture.

– Pas de problème, tiens, attrape les clefs, dit-il en lui lançant, - Vous allez dans le bush ?

– On va faire des photos au Canyon. Le treuil, il marche ?

– Qu'est-ce que vous allez faire comme connerie ? Laurent, tu devrais raisonner Steph, il est immature par moments, tu n'as pas remarqué ?

Steph lui expliqua qu'il voulait descendre sur une face du Canyon en se servant du treuil. Ce à quoi Daniel répondit qu'il était dingue, mais dingue pour dingue, autant le faire avec un minimum de risques. Très pragmatique, il alla récupérer un bout de planche dans le garage, en coupa une longueur de cinquante centimètres, y tarauda quatre trous aux angles et en fit un siège de balançoire avec une corde en nylon d'un demi-pouce.

– Avec ça, suspendu au crochet, tu seras déjà mieux, et

puis, on va fabriquer une chèvre.

L'affaire fut vite faite : deux planches en V renversé, se chevauchant à la racine du V, boulonnées entre elles par trois tirants servant à fixer les tôles sur les toits afin de les y maintenir en cas de cyclone.
Une poulie y fut fixée, ainsi que deux câbles qui, une fois arrimés au 4x4, devaient permettre de retenir ce montage incliné au-dessus du vide. Quand tout fut prêt, il était déjà douze heures trente.

– Bon, dit Léon, Peggy doit m'attendre pour le lunch. Je vous laisse là, Daniel vous ramènera ?

– Pas de problème, mais attends deux minutes, tu as bien le temps de boire un godet avant de partir ?

– Ah ! Si vous me prenez par les sentiments.

Bien qu'ils eussent pris des repères, l'endroit fut plus difficile à retrouver qu'ils ne l'avaient pensé. Ils étaient maintenant juste au-dessus du lieu qu'avait indiqué Léon depuis l'autre rive, un Léon qui avait eu du mal à quitter ses copains. Par contre, Daniel avait tenu à les accompagner. Le 4x4 était placé le nez au ras du ravin. La chèvre dressée, chaque pied calé devant une roue avant pour ne pas riper, s'avançait légèrement au-dessus du vide, la pointe du V renversé soutenant la poulie dans laquelle avait été passé le crochet du treuil. Elle était retenue dans cette position par les deux câbles qui, bien fixés d'un côté à l'angle aigu du V, étaient arrimés aux angles du pare-chocs avant. Ils avaient coincé des grosses pierres sous chaque roue par mesure de sécurité, bien qu'avec le frein à main et une vitesse engagée, le véhicule ne devrait pas bouger d'un pouce. Laurent avait imposé que ce fût lui qui descendit. Steph s'était assis dans le 4x4, il avait en charge la commande du treuil. Daniel se tenait d'une main à l'un des câbles tendant la chèvre, ce qui lui permettait, légèrement penché dans le vide, de suivre la descente de Laurent et de transmettre les ordres de manœuvre à Steph.

– Fais pas le con Laurent, n'oublie pas que tu n'as pas de parachute.

– N'aie crainte, j'ai arrimé un câble de sécurité.

Il s'était harnaché d'une corde, elle aussi accrochée au crochet du treuil. Si, par accident, il chutait du siège improvisé, il resterait néanmoins suspendu au câble du treuil. Il fit signe de la main et, lentement, commença sa descente dans le vide. Sa tête disparut sous le niveau de la falaise. Daniel surveillait la manœuvre. La descente durait depuis quelques minutes, Steph ayant enclenché la vitesse réduite, quand Daniel cria : Stop ! Répercutant l'ordre que Laurent lui avait fait de la main.

De son siège, Steph ne voyait rien. Il devait ronger son frein et se contenter d'obéir aux directives de Daniel. Par moments, il lui semblait que le câble subissait des petites secousses. Il faisait chaud ; il n'y avait pas un souffle d'air. Il avait l'impression qu'ils étaient là depuis une heure quand, enfin, Daniel lui fit signe d'effectuer la remontée. Toujours à vitesse réduite, le câble se rembobinait sur son tambour. La tête de Laurent apparut enfin, puis le buste. Quand ses pieds atteignirent le niveau de la berge, Daniel lui tendit la main pour l'aider à retrouver le sol ferme. Il avait l'air aussi à l'aise sur le siège improvisé qu'un gamin sur une balançoire.

– Alors ? demanda Steph.

– Alors, rien.

– Comment, rien ?

– Non : rien !

Ils démontèrent l'installation et reprirent le chemin

d'Armidale. Daniel conduisait, les trois hommes restaient silencieux.
– Je vous ramène directement chez Steph ?
– Oui, si tu veux bien.
– Ce n'est pas normal, se disait Laurent, tout convergeait vers mes alpinistes et le Canyon. J'aurais dû trouver quelque chose.
Devant sa "Swan Light", Steph se disait de même. Daniel, qu'ils avaient décidé d'un commun accord de mettre dans la confidence, suivait en parallèle un cheminement de pensée identique dans sa tête.
– Ou alors, dit Steph, ou alors, il y a un détail qui manque. Pourtant, je suis sûr que tu as raison, tout conduit à ce foutu Canyon, mais il ne doit être qu'un élément du puzzle. Celui-ci ne peut être compris que dans son entier, et il t'en manque un morceau.
– Oui, c'est aussi mon avis. À son tour, Laurent s'était mis à penser à voix haute... Je crois qu'il faudrait que je réinterroge chacun sur les visites de Michèle au Canyon : quand y était-elle ? Qu'a-t-elle dit et qu'a-t-elle vu exactement ? Y était-elle retournée seule, et souvent ?
– Tu pourrais peut-être commencer par Léon. Je vais lui demander de venir nous retrouver, dit Steph en décrochant le téléphone, il ne sera pas contre de venir boire un pot.
Deux minutes plus tard, Léon les avait rejoints, il est vrai que sa maison était à moins de cent mètres. Steph lui servit son poison favori : un whisky sec sur deux glaçons.
– C'est quand même sympa de m'avoir téléphoné. J'ai pas voulu faire part de votre projet à la con à Peggy, mais je me faisais du souci. J'ai beau savoir que Daniel a les pieds sur terre, sa seule présence ne suffisait pas pour t'empêcher de te casser la gueule Steph.

– Tu vois, tout s'est bien passé.
– Et vous avez découvert quelque chose de spécial ?
– Que dalle.
– Dis-moi, Léon, te souviens-tu exactement ce qu'a dit Michèle en voyant les alpinistes ?
– Rien, elle n'a rien dit. Elle est seulement restée un moment à regarder, elle avait l'air surprise, enfin, c'est moi qui lui ai trouvé un air étonné.
– Et son air étonné ne t'a pas préoccupé ?
– Ma foi, pas vraiment, je me suis dit que ce n'était pas courant de voir des types faire de l'alpinisme, surtout comme ça, sans équipement spécial...
– Tu voulais dire quelque chose Daniel ?
– Et si les gars s'étaient collé des grosses ventouses aux bras et aux jambes et qu'ils grimpaient comme des mouches ?
– Et tes types, Léon, c'étaient des Blancs ?
– Oui... Hé, attends, non, maintenant que tu le dis... C'est vrai que ce devait être des abos.
– Et tu penses que c'est ça qui aurait pu la surprendre ? Toi, ça ne t'avait pas marqué ?
– Ma foi non. Moi, c'est plutôt le fait de voir deux types suspendus dans le vide, collés à la paroi, qui a accroché mon regard plus que la couleur de leur peau.
– C'est d'ailleurs une sacrée coïncidence que vous soyez tombés sur eux. Il ne doit pas souvent venir de touristes dans le coin.
– Jamais. Il n'y a jamais personne.
– Tes acrobates, ils avaient intérêt d'être sacrément prudents, s'ils s'étaient crachés, ils auraient pu pourrir sur place.
– Sûr ! Encore que non, un coup de bol pour eux, il y avait le pêcheur.

– Quel pêcheur ?
– Un type un peu plus près vers nous, mais sur leur rive, qui installait des sortes de cannes à pêche. Un blanc, celui-là !
– Tu en es sûr ?
– Blond comme il était, il serait difficile de se gourer.
– Et, à part le blond ? Rien d'autre ? Ni bateau sur le fleuve, ni voiture sur la falaise ?
– Rien d'autre.

Laurent se dit que Jean-Pierre lui avait déjà parlé d'un blond.

Chapitre 7

– Nos travaux sont terminés. De longs et pénibles efforts seront encore nécessaires avant que notre tâche soit achevée.

– Nos frères n'aspirent pas au repos, ils promettent de continuer hors du temple l'œuvre entreprise.

– Ils répandront les vérités qu'ils ont acquises. Ils feront aimer notre Ordre par l'exemple de leurs qualités, ils prépareront par une action incessante et féconde l'avènement d'une humanité meilleure et plus éclairée.

La "tenue" se termine. Les Francs-Maçons quittent leurs décors et sortent du Temple pour pénétrer dans la "salle humide", cette pièce antichambre attenante où les "Frères" redeviennent des hommes ordinaires en retrouvant leur position sociale. Pour un moment encore, la magie de la Maçonnerie regroupe dans une ambiance fraternelle ces hommes de toutes origines et de tous niveaux. Le Président n'est plus qu'un instituteur, ses deux assesseurs : un conducteur de bus et un cardiologue. Le professeur redevient professeur, le commissaire de police, commissaire de police et le receveur des postes, receveur des postes. Docteur, cordonnier, juge de paix, pêcheur, haut fonctionnaire, employé communal se tutoient et s'embrassent avant de retourner à leurs microcosmes respectifs, métropolitains et canaques confondus. Alphonse Tabadjou, chef coutumier canaque, retient par la manche son "Frère" Yves Legoff, Directeur de Cabinet du Haut-Commissaire.

– Yves, il faut que je te parle.
– Quand tu veux, Alphonse. Téléphone-moi demain matin au bureau. Tu as ma ligne directe.
– Non, maintenant, en privé, sous le sceau du secret.
– Bien, veux-tu que nous nous isolions quelques instants dans le Temple ? On sera tranquilles.
– S'il te plaît.

Les deux hommes regagnent le Temple maintenant déserté.

– Je t'écoute Alphonse.
– Yves, il n'est pas question pour moi de trahir mes frères de race. Nous avons, tu le sais, souscrit à l'accord qu'ont signé nos frères Tjibaou et Lafleur. La Franc-Maçonnerie est garante de notre paix en Nouvelle-Calédonie. Notre frère Tjibaou a payé de sa vie son choix de la raison, et nous voulons, en hommage à sa parole, à notre parole donnée, respecter nos accords. Mais il se trame actuellement quelque chose que je n'aime pas. Des jeunes de ma tribu ont été contactés par des émissaires venus d'Australie. Tu sais qu'il existe à Sydney une branche dissidente du FLNKS qui se prétend : "Gouvernement de la Kanaky en exil", et dont certains membres ont refusé de signer les accords de Matignon.
– Mais toi et moi avons travaillé en commun avec nos frères pour préparer ces accords.
– Mais moi je m'y soumets mon frère, je ne les remets pas en question. Ma tribu s'y soumet. Seulement, hier, certains jeunes sont venus me trouver pour me faire part de palabres auxquelles ils ont été conviés par des soi-disant dirigeants en exil. On leur a raconté que nous, les vieux, nous les avions trahis. On leur a fait miroiter des rêves d'indépendance immédiate, des chimères, des idées révolutionnaires. On leur a proposé de se préparer pour le grand combat libérateur qui doit

éclater sous peu. Les jeunes de ma tribu ne se sont pas laissés séduire. Tu te souviens que je t'ai conté comment j'avais regroupé tout mon village à qui j'avais expliqué les accords. Jeunes et vieux avaient posé des questions, avaient fait des remarques. Certaines revendications concernant le tracé de la nouvelle route ont d'ailleurs été prises en considération, à la grande satisfaction de ma tribu qui s'est sentie comprise. C'est la raison pour laquelle ces provocateurs venus d'Australie n'ont pas convaincu et, qui plus est, ont manqué de psychologie, doublement, la première fois en disant que nous, les anciens, leur avions menti, la seconde fois en convoquant par ignorance mon propre fils parmi les jeunes. Mais crois-moi Yves, c'est sérieux. Ils ont déjà recruté une bande de chômeurs zonards à Nouméa et ce n'est pas fini.

– Pourquoi me racontes-tu cela ?

– Parce que je ne veux pas que mes enfants se fassent massacrer pour l'ambition de quelques indépendantistes radicaux qui cherchent à obtenir un pouvoir immédiat pour quelques arrivistes. C'est contraire aux intérêts de mon peuple. Moi j'approuve la voie de la sagesse que nous avons tracée ensemble. Ces Canaques australiens ne représentent qu'eux-mêmes, ou pire, quelque puissance occulte qui les manipule. Mais ils représentent aussi un danger pour de jeunes excités qui pourraient être tentés de les suivre.

Toi, tu peux contacter Paris discrètement. Essaie de savoir qui se cache derrière ces gens. Ce qu'ils préparent, les véritables raisons cachées qui se dissimulent derrière cette soi-disant indépendance immédiate. Il y a eu assez de morts, je ne veux pas voir la haine étouffer la voie de la raison. Nous bâtirons ensemble l'avenir fraternel décidé.

– Je vais essayer d'en savoir davantage mon Frère, et je te tiendrai informé.

Chapitre 8

Le "Gouvernement Canaque en exil" ne figure pas sur l'annuaire du téléphone. Sur les tracts qu'ils distribuent parfois devant l'Hôtel de Ville de Sydney lorsque s'y tient le bal traditionnel français du 14 juillet, à l'occasion de grandes manifestations australiennes, à celles de l'alliance française, la seule adresse indiquée est celle d'une boîte postale : AKI PO BOX 30 Erskineville 2 043. Un quartier populaire de Sydney derrière Newton.

Laurent avait repéré l'emplacement de la boîte postale n° 30 dans le grand mur des boîtes métalliques situé à l'extérieur de la poste, au fond d'un préau couvert, puis il s'était installé au snack d'en face en attendant patiemment que quelqu'un vienne retirer le courrier. Il espérait que cela fût fait chaque jour. En fait, il avait manqué se laisser surprendre. Il s'attendait à ce que l'opération fût faite par un canaque, et c'est une femme blonde qui vida d'abord une première boîte, puis la n° 30 dans la foulée. Laurent se fondit dans le sillage de la blonde. Cheveux tirés en arrière, retenus par une barrette dorée, lunettes ovales cerclées d'or, polo "Lacoste" blanc, jupette rose, elle abordait la quarantaine d'un air sportif. Elle stoppa à l'arrêt du bus. Dilemme ! Laurent avait pensé que tout naturellement, comme 999 personnes sur mille, celui qui viendrait serait en voiture. Il avait garé la sienne dans le but d'une éventuelle filature à trois mètres du carrefour, le nez dans le sens de la marche.

Laurent pensa à prendre également le bus, quitte à revenir chercher son véhicule plus tard. Mais il se dit qu'elle était seule à l'arrêt et qu'il risquait de se faire remarquer et que, de plus, si elle gagnait une voiture à un autre arrêt de bus, il risquait de perdre sa trace. Il opta donc pour une filature motorisée. Elle était montée dans le bus qui gagne le centre-ville par Botany Street. Tout en suivant à distance, Laurent n'était pas tranquille : si elle descend dans le centre, se dit-il, je vais me faire avoir. Jamais je ne pourrai trouver une place de stationnement afin de pouvoir la suivre à pied. Plus le bus approchait de la cité, plus Laurent enrageait d'avoir choisi cette solution. J'aurais dû me faire assister par un chauffeur du Consulat. Mais d'un autre côté, il ne souhaitait pas faire appel à des éléments extérieurs au service. Déjà, les confidences faites à Steph et, par ricochet à Daniel, n'étaient pas très orthodoxes, mais il avait réagi à une onde de sympathie. Dans son métier, il faut savoir parfois s'accorder quelques dérogations ou accepter certains risques. Question de pif et de situation.

Il la vit enfin descendre au carrefour de Regent Street et de Lawson Street. Ouf ! Il avait fait le bon choix. Elle s'engagea dans cette dernière artère en direction de l'Université. Laurent suivant par petits bonds successifs. Cinquante mètres, il garait la voiture et lui laissait de l'avance, cinquante mètres et il regarait la voiture. Il la bénissait de n'être pas passée plus tôt à la poste. Une heure auparavant, il n'aurait jamais pu trouver à se garer dans cette rue. Il la vit s'arrêter devant une maison basse construite au fond d'un jardinet de huit mètres carrés et protégée d'un mur d'enclos de deux mètres de haut, comme le sont presque toutes ces demeures du quartier aborigène de Redfern. Elle sonna et la porte s'entrouvrit. La blonde tendit quelques enveloppes, fit un signe d'amitié de la main et continua sa route en direction de l'Université. D'où il était placé, Laurent n'avait pas pu voir qui avait réceptionné le courrier ; par contre, il avait relevé le numéro de la maison, le 52, et photographié le mur d'enceinte ocre jaune de la façade qu'il n'aurait pas de mal à reconnaître. Il se dit que ce ne serait pas facile de planquer en voiture dans le coin, vu que la rue était une clairway. La signalétique, un grand C vert sur fond blanc, était apposée sur tous les poteaux. Il avait regagné son hôtel et essayait de cogiter un plan qui se tienne. Il dut convenir que l'ambiance d'Armidale lui manquait. Après ces quatre ou cinq jours passés là-bas, il ne s'en trouvait que plus seul à Sydney. Steph lui avait fait promettre, mais sans trop insister, pudiquement, de passer un coup de fil de temps à autre. Il décida que c'était peut-être l'occasion de le faire, histoire de prendre un break.

– Laurent ? Tu peux dire que tu as du pot, tu me chopes juste à temps, j'allais fermer la shop.
– Je croyais que tu prenais des congés pendant les vacances universitaires ?
– Oui. Je suis juste venu une heure cet après-midi pour faire des posters. Je ferme ce soir pour quinze jours comme je te l'avais dit.
– Tu vas toujours en Nouvelle-Zélande ?
– Oui, dimanche prochain, huit jours de ski mon pote, le pied ! Demain, je descends sur Sydney passer huit jours chez Franck. Pourquoi ? Tu as changé d'avis ? Je peux te donner un coup de main ?
– ... Je ne sais pas, peut-être. Tu seras à Sydney à quelle heure demain ?
– Vers midi. C'est qu'il n'y a qu'un mois que j'ai récupéré

mon permis et mes points, après un an de suspension et 800 dollars d'amende pour excès de vitesse. Et encore, je ne te parle pas des honoraires de l'avocat ! Alors, je fais gaffe, mais n'aie crainte, ça ne durera pas.

– On peut se voir à midi ? Je t'invite à déjeuner ?

– O.K., rendez-vous chez Franck, tu as de quoi écrire ? Je te donne son adresse.

Chez Franck, c'était sympa. Par la fenêtre du salon qui dominait Parsley bay, on voyait la cité et le fameux pont de Sydney. Laurent et Franck avaient sympathisé. Steph avait expliqué le boulot de Laurent et la véritable raison de sa venue en Australie. Franck aussi aimait bien Michèle, ça créait des liens. Laurent avait cru bon d'ajouter qu'en principe, il n'avait pas par habitude de dévoiler ses missions, mais il savait que cette confidence resterait dans le cercle fermé des trois jeunes Français : Steph, Daniel et Franck, et qu'il n'éprouvait pas le besoin de leur recommander la plus grande discrétion.

– Et pourquoi ce brusque départ sur Sydney ? Tu as découvert quelque chose de nouveau ici ?

La question de Franck était judicieuse.

– Non, et pour être franc, actuellement, j'ai dû mettre mes recherches en veilleuse. J'ai hérité d'une enquête prioritaire.

– Et qui a quelque chose à voir avec la mort de Michèle ?

– Non, je ne pense pas. Mais, va savoir. Il se trouve qu'il y a urgence pour une autre mission en Australie, et comme j'étais déjà sur place, j'ai hérité du bébé. Les morts peuvent attendre paraît-il.

– Mais ta mission actuelle, c'est une parenthèse ou tes chefs ont décidé de laisser tomber l'enquête sur Michèle ?

– C'est juste une parenthèse, mais comme je te l'ai dit,

c'est une priorité absolue.

— Et tu peux nous en parler ? On pourrait peut-être te donner un coup de main, plus vite tu pourras refermer ta parenthèse, plus vite tu pourras reprendre l'enquête sur la mort de Michèle.

Laurent se dit qu'après tout, au point où il en était, il ne risquait rien de lâcher quelques explications à ses nouveaux amis.

— Nouméa craint que des Canaques installés en Australie envisagent une opération de déstabilisation en Calédonie.

Il leur fit part de sa filature et de l'adresse en sa possession.

— Maintenant, il me reste à enquêter sur ces types, mais comment ?

— Facile, dit Steph en s'emparant du téléphone...

— Maurice ? Salut, c'est Steph, ça va ? Dis-moi, Bernard habite toujours chez toi ? Il rentre à quelle heure le soir ? O.K., je serai là, dis-lui qu'il m'attende si jamais il avait envisagé de sortir, c'est important. Ciao ! Voilà !

— Quoi voilà ?

— Bernard est Kitchen's designer chez Customtone. C'est la boîte classe de fabricants de cuisines sur mesure. Ils emploient des filles au téléphone qui prospectent auprès des particuliers. Leur job est d'essayer de dégoter un rendez-vous pour un architecte d'intérieur, lequel est supposé leur faire un projet et un devis gratuit de réaménagement de leur cuisine. Bernard et trois autres gars se partagent les rendez-vous. Ils prennent les mesures de la pièce, font un relevé à l'échelle, interrogent les gens sur les divers matériels ménagers qu'ils souhaitent utiliser, font un montage avec des petits modèles réduits d'éléments, puis un crobar de la future cuisine en perspective dans le but de séduire les gens. Alors, on va lui emprunter son matériel et on va aller voir ta baraque, comme ça, comme si on faisait de la prospection de porte en porte.

– Mais c'est con ton idée Steph, dans ce genre de quartier, ça m'étonnerait qu'ils aient les moyens de s'offrir des super-cuisines.

– T'occupe, Franck, l'essentiel ce n'est pas qu'ils achètent, c'est qu'on ait une raison valable pour pénétrer dans la maison. Je suis allé deux ou trois fois avec Bernard, j'ai vu sa façon de travailler, ce n'est pas un problème.

– Depuis le temps, je devrais savoir, pour toi, il n'y a jamais de problème. Jusqu'au jour où tu te feras péter la gueule.

Bernard devait avoir dans les quarante-cinq ans, Français d'origine lui aussi, grand, décontracté, il respirait la joie de vivre. Laurent se demandait comment faisait Steph pour avoir des copains de tous les âges et de tous les milieux. Il est vrai que le fait d'être émigré crée déjà une sélection et rapproche des hommes que relie déjà entre eux un fond de culture commune. Steph lui avait expliqué, sans plus de détails, que Laurent avait besoin d'obtenir des renseignements sur des Canaques habitant Redfern, et qu'il avait pensé qu'utiliser la couverture de Kitchen's designer était une bonne excuse pour pénétrer chez eux.

En fait, Bernard avait tenu à y aller lui-même, Laurent étant supposé être son assistant. Il n'aurait qu'à tenir l'un des bouts du décamètre et noterait les relevés que Bernard lui indiquerait. Il était bon le Bernard dans son genre. Il avait expliqué son job de prospection très à l'aise au type qui leur avait ouvert la porte, un blanc ; petit, presque chauve, portant lunettes en métal, chemise à carreaux bleus et blancs et jean délavé. A priori, il n'était pas du tout intéressé pour refaire sa cuisine. C'était du genre intello qui avait du mal à dire non et à se débarrasser des importuns. Sa femme vint le rejoindre, noire, mais pas aborigène, une Canaque. Bernard lui sourit et s'adressa à elle.

– Même si vous n'avez pas l'intention de refaire votre cuisine, vous avez bien une petite demi-heure à nous consacrer sans engagement, juste une petite demi-heure à perdre pour rêver ? Je vais être franc avec vous. Moi, je suis payé aux devis que je fais. Après, c'est le boulot des vendeurs. Alors, si je pouvais ramener un projet de plus, ça me permettrait de me faire une bonne semaine. Je suis fauché en ce moment.

L'explication dut plaire. Ils les firent traverser le salon où, dans une demi-pénombre, trois Canaques buvaient des bières, et pénétrer dans la cuisine. À voir la pièce, c'est vrai, se dit Laurent, que même avec de la bonne volonté, ce serait difficile d'en faire un palace.

– Ne vous dérangez surtout pas pour nous, dit Bernard à la maîtresse de maison, nous prenons les dimensions. Je vous appellerai quand ça sera fini.

Bernard était doué, il fit d'abord un schéma succinct à main levée de la pièce, releva les dimensions, traça un plan à l'échelle sur une feuille quadrillée en jaune et interrogea la propriétaire sur ses goûts : wall oven ? Évier à un ou deux bacs, frigo, microwave ? Il présenta quelques pièces de plastique rigide portant un numéro de référence sur le plan, changea la disposition de deux ou trois pièces, en interchangea deux autres. Puis, il dessina un projet en perspective de la future cuisine. Du grand art ! Laurent, qui avait lui-même une certaine pratique du dessin, était impressionné. Ils rejoignirent alors les hôtes dans le salon et il tendit le dessin à la femme. Elle le regardait, ébahie, le fit circuler à ses invités. Tout le monde s'extasiait, y compris son mari. C'est d'ailleurs lui qui commençait à parler prix… Merde, se dit Laurent, ce con est capable de leur vendre !

La femme leur offrit une bière, l'ambiance était chaleureuse. Le crobar de Bernard n'y était pas étranger. Ce dernier avait tranquillement sorti des imprimés et remplissait une fiche : nom, adresse, numéro de téléphone de domicile, numéro professionnel, nombre de personnes vivant au foyer… Un des Canaques, le plus grand, s'adressa à lui.

– Tu es Français ?

– J'étais. Je suis naturalisé "Aussie", je vis en Australie depuis cinq ans. Et vous ? Originaire de Calédonie ?

– Oui, tu connais Nouméa ?

– Non, j'y ai fait escale deux jours lors d'un de mes voyages à Vanuatu, ça n'a pas l'air mal.

– Mais tu préfères Vanuatu ?

– Je ne voudrais pas vous offusquer, mais oui. Et puis là-bas, je vais chez des amis, alors c'est différent.

– Chez qui ?

– Tu connais du monde à Port Villa ?

– Oui, les anciennes Nouvelles Hébrides, ce n'est qu'à trois quarts d'heure d'avion de Nouméa. Autrefois, c'était une colonie moitié anglaise, moitié française.

– Je vais chez Caroline, une mi-vanuataise qui est speakerine à…

– Caroline Escales ?

– Oui, tu la connais ?

– Je la connais, je connais aussi Robert et leurs enfants.

– Ah ! Ces gosses ! Ce sont mes Dieux, qu'est-ce qu'ils sont beaux, je suis le parrain de la cadette. Elle ressemble beaucoup à la sœur de Caroline, tu connais aussi sa sœur Josépha ?

– Non, pourquoi, elle te plaît ?

– Hé, Hé ! J'avoue que j'ai un petit coup de cœur pour elle.
– Tu n'es pas raciste alors pour un Français ?
– Non, je ne suis pas raciste, et puis je suis australien, oublie un peu la France si tu veux bien.

Ils durent reprendre deux tournées de bière, l'ambiance était à la fête. Le grand Canaque qui connaissait Caroline s'avéra être en fait le frère de l'hôtesse. Il insistait maintenant auprès de sa sœur pour qu'elle se commande cette cuisine qui lui plaisait tant.
– Mais frérot, je n'ai pas 6 000 dollars !
– Je t'aiderai à la payer.
– Si je peux me permettre, dit Bernard, je ne voudrais surtout pas prendre parti et surtout pas vous pousser à faire des dépenses, surtout que moi, avec ce dessin, j'ai gagné mes cent dollars. Mais, comme je vous trouve très sympa, et que toi tu es un ami à Caroline, je vais vous dire un truc, mais il faut que ça reste entre nous. Si vraiment elle vous plaît cette cuisine, je peux prendre la commande moi-même et dans ce cas, je peux vous faire 25 % de réduction. C'est la commission que touchent les vendeurs. Seulement, il y a un problème, il faudrait que vous vous décidiez tout de suite et me donner un chèque de cinq cents dollars d'arrhes. Dans ce cas, j'expliquerai au patron que c'est un cas exceptionnel, pour des amis, et il ne passerait pas mon contrat au service commercial, sans transiter par le service des ventes, il le donnerait directement à l'atelier. Comme ça, vous économisez la commission des vendeurs. Et d'ailleurs, ce n'est pas malhonnête de ma part vis-à-vis des représentants, vu que c'est vous qui décidez de l'acheter et qu'ils n'auraient pas de travail à faire pour vous la vendre.

Encore deux bières, le discours avait plu, ce fut marché conclu. Laurent n'en revenait pas. Jamais il n'aurait pu envisager qu'on pouvait vendre une cuisine de 6 000 $ qui, même avec 25 % de réduction, en faisait quand même 4 500, à des gens qui, une heure auparavant, n'y songeaient pas le moins du monde, ni n'en avaient la moindre envie.

Mais la décision était prise. Bernard, installé sur la table basse du séjour, au milieu des boîtes de bière vides, remplissait les formulaires bancaires, notait les informations utiles, bref, était plongé à fond dans son boulot : un professionnel. Il avait sorti un nuancier qui captivait tous les regards pour le choix des teintes. Laurent regardait autour de lui, la pièce était plongée dans une demi-pénombre permanente du fait de sa situation tampon entre la cuisine au fond à gauche éclairée par la fenêtre de l'arrière-jardin, et le couloir et la cloison au centre et à droite qui donnaient sur les chambres. Les seules fenêtres de la pièce étaient les deux qui ouvraient sur la minuscule cour d'entrée coincée entre la façade et le mur d'enceinte. Le sol était couvert d'une moquette sombre à fleurs, les murs peints d'un ocre rouge foncé qu'essayaient d'égayer deux reproductions de Gauguin, les sièges étaient de faux cuirs noirs et les meubles d'un acajou foncé. En fait de meubles, il n'y avait d'ailleurs que la table basse et un long buffet sans style. C'est alors que Laurent aperçut la photo. Il n'y avait pas prêté attention auparavant : un Canaque avec une canne à pêche, mais il en était trop loin pour discerner quelques détails. Elle était posée sur le buffet dans un cadre de métal doré.

Laurent cherchait une raison valable pour s'en approcher, mais il n'en trouva pas. Comme tout le monde était penché sur le nuancier, il se leva nonchalamment et se dirigea négligemment vers le meuble qu'il caressa du doigt, comme s'il tâtait la qualité du bois, au demeurant bien ordinaire. Il détaillait la photo, c'est alors qu'il réalisa que l'homme ne tenait pas une canne à pêche. L'épreuve représentait un Canaque près d'un cours d'eau qui tenait une sorte d'antenne radio, c'est elle qu'il avait d'abord prise pour une canne à pêche. Et à l'arrière-plan, ce n'était pas, comme il avait cru le discerner de loin, une végétation colorée. De près, l'on reconnaissait, quoique flou, un homme blanc et blond vêtu d'une chemise bariolée. Et c'est peut-être ça que Michèle avait découvert au Canyon deux Canaques sur la falaise et non deux aborigènes et un homme blanc et blond équipé de matériel de transmission.

Ils étaient installés chez Franck. Laurent faisait le point. Bernard lui avait fourni des photocopies de son contrat où figuraient tous les renseignements concernant le couple, plus ceux du beau-frère qui s'était porté avaliste pour le crédit. Content de lui le Bernard, non seulement il avait fait plaisir à Steph, mais en plus il s'était fait une vente. À 10 % de commission, il allait se ramasser 450 dollars. D'autant que l'histoire des vendeurs était bidon. L'excuse de la remise de 25 % était prévue dans le tarif, il s'agissait d'une tactique commerciale pour décider les clients à passer commande dans le désir du moment créé par l'euphorie d'un dessin avantageux.
— Alors, tu crois que c'est ça que Michèle aurait découvert ? demande Steph, donc les deux histoires sont liées ?
— Oui, un exercice d'alpinisme de deux Canaques, en liaison avec un blond qui utilisait du matériel électronique et une antenne radio. Et sans doute un blond qui ne lui était pas inconnu. Je pense qu'il doit s'agir de celui qu'elle avait cité à Jean-Pierre, ce blond qui porte toujours des chemises exubérantes.

– Et elle aurait enquêté sur ce blond à Sydney et se serait fait repérer ?

– Peut-être, quelque chose comme ça. Il faudrait retrouver ce type.

– Il est peut-être toujours client de l'ancien restaurant de Jean-Pierre à Brighton le Sands ?

– On ne risque rien de commencer par là. Après tout, il faut bien penser à casser la croûte non ?

Le restaurant n'avait guère changé d'allure, il était transformé en restaurant italien. Si le décor était le même, tous les lustres étaient maintenant verts et rouges. Sûrement une idée du patron pour nationaliser les lieux.

– Encore du pot que ce ne soit pas devenu un restaurant indien ou vietnamien. Il a pu conserver la même clientèle, les Australiens associent facilement Français et Italien quand même style de bouffe.

– Il ne faut quand même pas se faire trop d'illusions. Michèle a dit y être venue une fois avec le blond. Ça ne veut pas dire du tout que c'était un habitué. D'ailleurs, si tel était le cas, je pense que Jean-Pierre l'aurait connu.

Le fait est que nul au restaurant n'avait souvenance d'un tel client. La piste semblait coupée.

– On pourrait essayer l'Alliance Française ?

– Qui te dit que ce type est Français ?

À Clarence Street, même chou blanc, le blond était inconnu.

– Pourtant, si c'était un copain à Michèle, elle avait bien dû le rencontrer quelque part ?

– Et qui te dit qu'il ne l'aurait pas draguée en ville ?

– Ce n'est pas son genre… Je sais que c'est con, dit Steph, mais as-tu fouillé les affaires à Michèle ?

– Tu penses bien que j'ai commencé par là.

– Et il n'y avait pas de journal, de photos, de lettres… enfin rien chez elle ?

– Non, tout ce qui était chez elle a d'ailleurs été récupéré par le Consulat.

– Et son appart a été entièrement vidé ? Tu ne penses pas que ça vaille la peine d'aller y jeter un coup d'œil à nouveau ?

– Non… D'ailleurs, il doit déjà être reloué, il paraît que c'est très recherché le quartier de l'Université.

– Hé ! Attends ! Tu parles de son flat de Glebe ?

– Oui, bien sûr.

– Mais il y a moins de trois mois qu'elle habitait là. Avant, elle partageait un appart avec Alison à Paddington. Et si elle avait laissé des trucs là-bas ?

– J'ignorais ce fait, mais pourquoi aurait-elle laissé quelque chose ? Quand tu déménages, toi, tu as l'habitude de le faire à moitié ? Cette Alison, tu la connais ?

– Oui, viens, on y va.

Alison était en train de se préparer pour aller au théâtre. Elle venait de prendre une douche et de se laver les cheveux qu'elle avait encore tout enveloppés dans une serviette-éponge blanche capuchonnée en turban. Elle était nue sous un peignoir éponge, mais ça n'avait pas l'air de la déranger, même si le peignoir béant laissait entrevoir une bonne partie de son anatomie.

– Tiens, salut Steph.

– Salut "sweet heart". Je te présente Laurent, un vieux copain de Michèle.

Alison avait, elle aussi, été peinée de la mort de Michèle pour qui elle avait conservé une tendre amitié. On ne vit pas six mois avec quelqu'un sans que se tissent certains liens.

– Tu savais qu'elle avait été mon amie ?

Merde ! Soufflé le Steph, non que ça le dérange, mais il n'avait jamais songé que Michèle puisse être bisexuelle.

– Non, j'ignorais. Vous vous êtes fâchées ?

– Pas du tout. Ça a été un moment privilégié comme ça entre nous. Et puis, Michèle ne souhaitait pas s'attacher. Et puis je crois aussi que c'est alors que j'ai rencontré Amanda et qu'elle n'accrochait pas trop avec elle. Non, elle est simplement partie parce qu'elle a eu la chance de trouver un flat sympa et qu'elle éprouvait l'envie de vivre seule. Trop indépendante, trop individualiste, trop française. Je crois qu'elle n'arrivait pas à partager notre façon de vivre ici où nos vies privées sont étalées devant tout le monde, où il n'y a pas d'intimité…

– Elle n'a rien laissé chez toi ?

– Non. Pourquoi, elle aurait dû ?

– Non, bien sûr… Tu n'as plus de souvenirs d'elle ?

– Rien, si ce n'est ce peignoir qu'elle m'avait offert et quelques photos. Vous voulez les voir ? Vous pouvez les regarder pendant que je me prépare.

Elle était repartie dans la salle de bains. Laurent et Steph se passaient les photos… Une impression bizarre d'indiscrétion de fouiller dans cette part du passé de Michèle dont ils étaient exclus. Ils regardaient une photo sur laquelle Michèle et Alison se tenaient par l'épaule, une lueur tendre et complice dans le regard.

– Celle-ci, c'est Blanche qui l'a prise, dit Alison qui traversait la pièce en slip sans la moindre gêne.

– Pourquoi, Blanche aussi est bi ?

– Non, non, pas ta girlfriend Steph. La photo, c'était pendant le week-end de la finale d'échecs dans les blues montagnes, dit Alison en rigolant.

Ils ne découvrirent rien de spécial sur ces photos.

– Bon, Alison, nous allons te laisser, nous ne voulons pas te faire arriver en retard au Seymour Théâtre. Merci pour ton accueil.

– De rien, vous pouvez revenir quand vous voudrez, vous serez toujours les bienvenus.

Elle jetait un regard appuyé sur Laurent. Elle était sûrement bisexuelle, mais certainement pas farouche lesbienne. Laurent ne semblait pas la laisser indifférente.

– Au fait, tu ne connaîtrais pas un blond avec des chemises extraordinaires ?

– Tu veux sans doute parler de Noël ?

– Peut-être, c'est qui ton Noël ?

– Noël Lawson, le propriétaire de Coming' Electronique's. Tu dois connaître la boutique, toi Steph, un fana de musique.

– Dans George Street ?

– Oui.

– C'était un copain de Michèle ?

– Nous l'avions rencontré au championnat d'échecs.

Chapitre 9

– Dis-moi Steph, Blanche est également en vacances, elle les passe à Armidale ?
– Non, elle est partie quatre jours à Melbourne pour voir son frère. Elle revient demain. Nous devons passer le reste de la semaine ensemble à Sydney. Elle ira chez ses parents la semaine prochaine pendant que je serai en Nouvelle-Zélande.
– Vous n'y allez pas ensemble ?
– Non, le ski, ce n'est pas sa tasse de thé. Mais je vois où tu veux en venir. Tu te dis qu'elle aussi doit connaître Noël, c'est ça ?
– Oui, c'est ça. Elle pourrait peut-être nous introduire ?

Le lendemain, ils avaient récupéré Blanche au terminal d'Australian Airlines. Laurent, que Steph avait présenté comme un vieux copain, lui plut d'entrée, c'était visible, et l'inverse était réciproque. Blanche était splendide, une beauté classique et spéciale à la fois, ni maquillée, ni arrangée, dans un simple jean et un pull ras du cou, elle dégageait une aura naturelle. Bien sûr qu'elle connaissait Noël, elle l'avait d'ailleurs battu au cours du championnat.

Le magasin est situé dans la cuvette de George Street, entre le village cinéma et la gare centrale, face à Chinatown. On y vendait de tout en électronique, sans compter les télévisions, magnétoscopes, vidéo scopes, vidéo écrans. Steph y était déjà venu à la recherche de vidéodisques, mais ils n'en avaient que quelques-uns réservés pour leurs démonstrations et n'en faisaient venir que sur commande. Noël avait l'air heureux de revoir Blanche qui lui présenta son boy-friend et son copain Laurent.

– Encore un Français ! Il n'avait pas remarqué que Steph, lui aussi, était Français.
– Oui, nous sommes de plus en plus envahis, dit Blanche.
– Métro ou Caldoche ?
– ... Heu Métro, c'est vrai que je ne m'imagine pas que la Calédonie est si près d'ici. À deux heures et demie d'avion, vous devez plus souvent rencontrer des Caldoches que des Métropolitains ?
– Il en vient de plus en plus, ils cherchent à investir en prévision d'un départ possible.
– C'est vrai qu'ils ne tarderont pas à voir l'indépendance.
– Tu y crois, toi ?
– Ce n'est pas ce qui a été décidé par les accords de Matignon ?
– Oui, un référendum dans quelques années s'il n'y a pas magouilles avant.
– De toute façon, c'est trop loin du continent, ça paraît ridicule de vouloir considérer comme territoire français cette île à l'autre bout du monde. Il faudrait qu'ils deviennent indépendants et tissent des liens avec l'Australie, ou fassent un conglomérat avec Vanuatu, la Papouasie, Fidji.
– Tu raisonnes bien comme un Métro, ce n'est pas l'avis des Caldoches.
– Pourquoi, tu penses qu'ils imaginent un autre devenir ?
– Oui, je crois... Peut-être conserver Nouméa en port franc et donner l'indépendance au reste de l'île.

— Ce serait con. Où sont les richesses ? Les mines de Nickel ? Non, si encore ils coupaient l'île en deux dans le sens de la hauteur.

— Ce serait évidemment une solution plus intelligente. Mais tu vois, ils sont trop cons pour le vouloir.

— De toute façon, l'époque des colonisations est révolue.

— Tu devrais dire ça aux Caldoches.

Steph amena la conversation sur du matériel vidéo et hi-fi, bifurqua sur le reste. Une loi sortait qui interdisait les détecteurs de radar sur les voitures comme celui qu'avait Steph sur la sienne. Noël allait devoir réexporter à bas prix un stock de matériel maintenant impossible à vendre. Il faudrait se rattraper sur les autres articles. En partant des détecteurs de métal, détecteurs de son, micros espions, écouteurs ultrasensibles, lunettes infrarouges, la liste du stock était longue.

Blanche, Steph et Laurent traversèrent George Street et gagnèrent Darling Harbour. Ils s'assirent à une terrasse près du bassin de l'ancien port de commerce transformé en centre commercial ultramoderne que dessert le monorail.

— Dis-moi Blanche, Noël sait-il que tu es d'Armidale ?

— Oui, nous en avons parlé un jour, il connaît, il y a passé deux jours il y a deux ans pour les demi-finales d'échecs organisées par l'Université. Il m'a dit qu'il avait bien aimé le coin d'ailleurs.

Dans son hôtel, Laurent s'était enfermé dans sa chambre. Il avait mis la climatisation au ralenti, s'était servi un Perrier et essayait de trouver une solution pour découvrir le plan des indépendantistes Canaques. Il avait bâti un schéma dans sa tête pour essayer de reconstituer l'histoire.

Les Canaques préparaient peut-être un coup fumeux en

Nouvelle-Calédonie et s'entraînaient pour cela ici dans le plus grand secret. Noël, qui avait découvert le Canyon lors de son passage à Armidale, avait dû penser que c'était un lieu idéal pour préparer leur opération, loin des regards indiscrets. Michèle, par le plus grand des hasards, était tombée sur une séance d'entraînement. Elle avait dû réaliser qu'il s'agissait de Canaques et non d'Aborigènes, et sans doute avait-elle reconnu Noël, et peut-être même remarqué qu'il était équipé de matériel électronique et d'une antenne radio. De là, elle avait dû vouloir enquêter à Sydney et s'était fait repérer. Noël, ou les Canaques, ou d'autres qui étaient dans le coup, avaient dû décider de l'éliminer pour protéger leur secret. Mais, qu'avait-elle pu découvrir ? Et comment s'était-elle fait repérer ? Maintenant, ils devaient être sur leurs gardes. L'histoire de la vente de cuisine était passée sans problème. La visite à Noël en compagnie de Blanche aussi. Par contre, il ne faudrait pas que les Canaques de Redfern et Noël fassent le rapprochement. Un même type à deux endroits différents du circuit, ça pourrait sembler louche.

Laurent se dit qu'il s'était bêtement grillé par cette visite chez Coming's faisant suite à la prospection cuisine. Il lui était maintenant impossible de s'introduire dans le groupe des Canaques. Ce qui le consolait, c'est que, de toute façon, ils ne devaient pas accepter beaucoup de blancs parmi eux, et certainement pas des inconnus, et ceci d'autant moins facilement s'ils étaient à la veille d'une opération subversive. Il ne pouvait quand même pas faire à nouveau appel à Josué, son vieux complice de Townsville, quant à Steph, il partait en Nouvelle-Zélande. Franck et Bernard, quant à eux, il ne souhaitait pas les mettre dans le coup, d'ailleurs Bernard l'avait bien déjà assez aidé comme cela. Comptez-vous : un, et en avant. Il prit la décision d'appeler Steph qui logeait chez

Franck.
– Steph ? Blanche est avec toi ?
– Oui, attends, je l'appelle. Le téléphone resta quelques minutes silencieux.
– Excuse-moi, j'étais sous la douche, salut Laurent.
– Salut Blanche. Dis-moi, sais-tu si Noël a une girl friend ?
– ... Je ne sais pas... sans doute, mais je ne connais pas, désolée.

Il décida d'essayer du côté d'Alison.

– Alison ? Bonjour, Laurent, le copain de Steph.
– Je t'ai reconnu.
– Ça va ? ... Tu es seule ? ... Je peux passer te voir ?... O.K., j'arrive.

Alison lui ouvrit. Elle avait un grand Tee-shirt d'homme sur lequel était inscrit : "I'm alway's on the shit ! it's only the depth that varies". (*Je suis toujours dans la merde, il n'y a que le niveau qui varie*). Ses longues jambes nues émergeaient en dessous.

– Je ne te dérange pas ?
– Jamais, j'espérais ta visite.
– Ah bon ?
– Oui, je me disais que tu ne devais pas connaître grand monde à Sydney et que, de ce fait, j'avais peut-être une petite chance que tu reviennes me draguer.
– Qu'est-ce qui t'a fait penser ça ?
– Ton regard l'autre jour. Et puis, ça n'a pas eu trop l'air de te déranger d'apprendre que je suis bisexuelle. D'ailleurs, les hommes aiment ça, non ?
– Sans doute, enfin pour les autres, je ne sais pas, pour moi, c'est certainement vrai.

– Tiens, tu veux du thé ? Je viens juste de le préparer.

Ils burent leur tasse de thé en parlant de tout et de rien : de Sydney, de Blanche, de Steph, de Michèle, de voyages, de son job à l'Université.

– Je ne te voyais pas bibliothécaire.

– Tu sais, l'image stéréotypée du rat de bibliothèque, vieille fille acariâtre, sèche, mal fagotée et mal baisée, c'est une fausse image. Moi, j'aime bien ce que je fais, ça me permet de rencontrer des tas de gens sympas. D'ailleurs, c'est comme ça que j'ai connu Blanche.

– L'autre jour, nous sommes allés avec elle et Steph faire les magasins, j'ignorais qu'elle connaissait Noël, mais c'est vrai que j'aurais dû y penser à cause du bridge. Ils ont l'air de bien s'apprécier, elle et Noël. Sais-tu s'il a une girl friend, lui ?

– Je ne crois pas... Je ne sais pas... Je ne sais pas s'il ne serait pas un peu homo, ou alors trop préoccupé par son business... Je l'ai seulement vu une ou deux fois avec une Fidjienne.

– Une Canaque ?

– Non, une Fidjienne, une hôtesse d'Air Fidji.

– Il est attiré par les filles de couleur ?

– Je ne sais pas. Je ne l'ai jamais vu avec des blanches, ni d'ailleurs avec d'autres. En fait, je le connais peu, je l'ai croisé quelquefois au théâtre ou dans des parties. Pourquoi, tu t'intéresses à lui ?

– Non, c'est seulement parce que c'était un copain de Michèle, et je me disais qu'il aurait pu être plus qu'un copain.

– Là-dessus, rien à craindre, c'était pas son genre à Michèle.

– Et son genre, c'était quoi, à part toi ?

– Pour un mec ? Plutôt mâle, toi par exemple.

– Si je comprends bien, j'ai perdu une chance. Pour une

fois que j'aurais pu plaire à quelqu'un.
 - Mais, tu ne me déplais pas non plus tu sais. Alors, on va dîner ?

Chapitre 10

D'après les renseignements qu'il avait fournis pour servir d'avaliste à sa sœur dans l'achat de la cuisine, le grand canaque se nommait Albert Foujima. Il habitait Parramatta et travaillait comme manutentionnaire chez Meyers. Sa sœur Rose était employée de cuisine au Kentucky Frieds Chicken de Kingsford, et le mari de celle-ci était professeur de mathématiques à l'Université. Laurent avait communiqué le numéro de compte en banque à Michel Devergne, avocat international et correspondant du service à Sydney qui, lui, par relations professionnelles, pourrait obtenir des renseignements d'ordre bancaire. Par l'avocat, Laurent apprit que Robert Martin, le professeur, possédait 4 532 dollars en banque ; sa femme Rose 5 346 et son beau-frère Albert Foujima 10 710. Rien, là-dedans, qui puisse paraître anormal. Laurent demanda également les mêmes renseignements en ce qui concernait Noël. Pour ce dernier, il y avait plusieurs comptes. Compte personnel courant 8 702 dollars, saving accompte 24 800 dollars, plus les comptes au nom de la Société : trois comptes d'un crédit respectif de 48 882, 27 217 et 453 810 dollars.

Laurent regardait ces comptes, dépité. Il prit la décision de rappeler l'avocat, lui expliquant qu'il souhaitait un relevé des opérations bancaires. La chose était très délicate, mais néanmoins possible.

Le lendemain, il avait entre les mains une grosse

enveloppe kraft contenant les documents réclamés. Les relevés de comptes de Robert Martin, sa femme Rose et son beau-frère Albert Foujima, n'avaient rien d'original. Virements de salaires, paiements de traites, achats… le tout-venant. Le cas de Noël était plus compliqué. D'abord, il avait trois banques différentes : la Commonwealth dont le compte s'avéra ne servir uniquement que pour gérer les salaires de l'entreprise ; la National Bank avec laquelle il réglait ses fournisseurs locaux ; la Westpac où il détenait trois comptes : le compte courant pour ses dépenses personnelles, le saving accompte où il conservait ses économies et un compte transfert étranger réservé à régler ses importateurs.

Laurent détaillait les opérations de ce dernier, il y avait trois pages de mouvements, rien que pour le dernier mois. Il cocha les comptes de toutes les transactions venant d'outre-mer, plus celui d'un virement de 200 000 dollars en provenance de Sydney même. Ça ferait du travail supplémentaire à l'avocat pour découvrir les détenteurs de ces comptes : onze au total, ce n'était pas la mer à boire. Il prit le relevé de la Mastercard et éplucha la liste des bénéficiaires. Hé hé ! Il y avait là un règlement de carburant à une station-service de Tamworth. Le gars Noël était bien allé dernièrement dans le coin, mais il avait pu y aller pour affaires. Quoique dans ce cas, il aurait dû utiliser sa carte de crédit professionnelle. Quand il reçut la liste des onze détenteurs de comptes de transfert, Laurent procéda par élimination. Sept correspondaient à des fournisseurs de matériel hi-fi, vidéo, télé ou électronique en provenance du Japon, Corée et Taïwan. Un d'une banque américaine, un d'un compte suisse, un de la nouvelle banque japonaise installée à Sydney, et le dernier de la Westpac de Sydney, de la branche de Pitt Street dans la cité.

En revérifiant les comptes, son regard fut attiré par

quatre virements identiques de 3 000 dollars. La chose lui avait tout d'abord échappé dans la mesure où il s'était surtout axé sur les destinataires plus que sur le montant des sommes. Il rechercha les numéros de comptes des destinataires et s'aperçut que l'un d'eux correspondait à celui d'Albert Foujima. Il releva les trois autres et les communiqua à l'avocat. La réponse le fit sourire. À voir les trois noms qu'il avait là, il y avait gros à parier qu'ils étaient tous canaques, et sans doute y avait-il parmi eux les deux qu'il avait déjà rencontrés en compagnie du prof de maths Robert Martin. Bien que ce travail de fourmi fût fastidieux et ne l'amusât guère, Laurent avait l'impression qu'il défaisait petit à petit l'écheveau. Il progressait, mais lentement.

Il téléphona à Alison pour lui demander si elle connaissait à l'Université le professeur Robert Martin. Il y était fort connu, d'autant qu'il participait et militait à divers mouvements : écologiste, aborigène et Kanaki indépendante. Il fit le point des renseignements en sa possession. Avec : Robert Martin, son épouse Rose, Albert Foujima le beau-frère, Noël Lawson de Coming's et les trois nouveaux noms, Jimmy Métoyaka, Jean Iékawé et Omer Koutima, il devait détenir là le gros de la troupe du fameux "Gouvernement canaque en exil".

En tenant compte des situations sociales de chacun, Laurent essaya de classifier leurs responsabilités hiérarchiques dans le groupuscule. Robert Martin et Noël Lawson, en tant que blancs, ne pouvaient prétendre à diriger un mouvement canaque insurrectionnel, ils ne seraient pas représentatifs d'un pouvoir autonomiste. Les deux autres Canaques qu'il avait rencontrés chez le prof ne semblaient pas avoir l'étoffe d'un leader. Donc, le "candidat Président" officiel ne pouvait être qu'Albert Foujima, le beau-frère, ou peut-être celui qu'il ne connaissait pas encore. Robert Martin devait être un théoricien politique, mais ne semblait pas posséder les compétences pour gérer le financement qui, lui, devait être assuré par Noël. Assez satisfait de ses déductions, Laurent décida d'aller planquer aux adresses des trois nouveaux suspects. Il découvrit ainsi la justesse de son raisonnement. Jean Iékawé et Jimmy Méto-yaka étaient bien les deux Calédoniens rencontrés lors de la vente de la cuisine. Quant à Omar Koutima, il s'agissait d'un Calédonien de haute stature, d'une distinction raffinée, mince et bien vêtu, qui travaillait comme Ingénieur agronome au Centre Universitaire de Recherches Appliquées, mais pas à l'Université Centrale, à celle de Ryde. Sydney possédant trois universités, il y avait un risque d'erreur possible. Depuis qu'il avait découvert Omar, Laurent pressentait que ce dernier, plus que le beau-frère, faisait un candidat potentiel très présidentiable.

Il restait maintenant à Laurent de découvrir ce qui se tramait et qui avait ordonné le meurtre de Michèle. Si ce n'était pas Noël, il devait en être responsable d'une certaine manière en rapportant à d'autres les soupçons qu'il avait nourris lorsqu'elle avait dû mener une enquête à son sujet. Mais, était-il allé jusqu'à commanditer le crime lui-même ? Laurent se dit que la décision devait appartenir au "Big chief", ils n'étaient pas assez nombreux pour avoir des secteurs de responsabilités très cloisonnés. En tout état de cause, si une telle décision avait été prise, c'est qu'il devait bien y avoir quelque secret d'importance à protéger. La boucle était bouclée. Bien qu'il en doutât à l'origine, Laurent dut se rendre à l'évidence : l'assassinat de Michèle et la nouvelle mission canaque confiée par Paris se rejoignaient.

Chapitre 11

Quelle que fut la sympathie qu'il ressentait pour Michèle, Laurent devait admettre qu'elle avait commis une faute professionnelle. Il s'était passé du temps entre la découverte qu'elle avait faite dans le Canyon et son assassinat. Temps qu'elle eût dû mettre à profit pour mener son enquête. Or, elle n'avait envoyé aucun rapport. Elle aurait toujours pu prétendre qu'elle n'était pas en mission officielle, que c'était simple curiosité de sa part. Elle avait tort. De deux choses l'une, ou elle ignorait les alpinistes, ou elle bougeait un petit doigt dans leur sillage et, dès lors, elle devait rédiger un rapport. Ne pas l'avoir fait était une faute impardonnable. Quelle qu'en fût la raison : peur de ne pas être prise au sérieux, peur du ridicule, désir d'être d'abord mieux informée, envie de décrocher toute seule le jackpot.

Si elle s'en était tenue aux règles, elle ne serait déjà peut-être pas morte et, au pire, et même si cela peut paraître sarcastique, en cas de décès, son remplaçant aurait au moins pu avoir connaissance du dossier. Malgré cela, Laurent ne se sentait pas le cœur de lui faire des reproches posthumes. Il y avait une petite chance, d'après ce qu'il avait appris de Blanche et d'Alison, que Noël fût attiré par les femmes de couleur, du moins la seule avec qui on l'ait connu était une Fidjienne. Bien que l'idée qui germait en lui bousculait ses réticences à utiliser quelqu'un étranger au service, il pensa qu'il pourrait peut-être faire appel à Jane *(Lire "Mine de rien" du même auteur NDL)*.

Le mulâtre se ferait un plaisir de rentrer dans son jeu. L'idée le rebutait toutefois de faire un tant soit peu exposer sa copine, mais, à tout bien réfléchi, le risque était infime et les aides sur place lui étaient comptées.

Jane avait retrouvé Laurent avec toujours autant de plaisir. Il fit la connaissance de son boy friend, un géologue sympathique et les invita à déjeuner tous deux au Chiffley's. Au cours du repas, il exposa son problème : il avait besoin d'obtenir quelques informations commerciales d'un homme d'affaires qui semblait attiré par les peaux bronzées. Elle accepta de grand cœur de participer à des rencontres platoniques et d'essayer de lui soutirer des renseignements. Son ami n'y voyait aucun inconvénient.

Dès qu'ils furent seuls, Laurent expliqua clairement la situation à Jane. Ce type pouvait être l'assassin de Michèle, il ne s'agissait pas d'une affaire aussi simple que la salade qu'il venait de servir à son copain. Jane promit qu'elle serait très prudente et qu'il pouvait lui faire confiance, ce dont il ne doutait pas un seul instant. Ils se verraient le dimanche après-midi pour mettre l'opération au point. Omar Koutima, lui, il se le réservait. Il cherchait la meilleure opportunité pour le tamponner, de telle sorte que cela puisse paraître naturel. A priori, il ne connaissait personne à l'Université de Ryde, pas plus qu'à celle de NSW, qui puisse lui servir d'introduction. Peut-être y avait-il quelques relations d'universitaires entre campus différents, il devait se renseigner du fait. Il décida d'appeler Alison pour cela, peut-être aussi avec quelques autres intentions moins avouables.

Alison sembla heureuse qu'il l'invite à dîner. Elle affichait un certain plaisir en sa compagnie. Le "Little frog" était bondé, mais ils trouvèrent une petite table d'angle sympathique pour qui souhaite l'intimité mais fait une croix sur l'esthétique du lieu. Laurent lui fit une cour discrète : un compliment, un récit de voyage, un compliment, une histoire d'aventure, un compliment, un jugement sur un film, un...

– Dis-moi Laurent, si tu me demandais tout de suite ce que tu as envie de savoir et que nous allions faire l'amour. Tu ne trouves pas que nous avons assez perdu de temps ?

Les pieds sur terre Alison. Il décida de ne pas bluffer. Il voulait qu'on l'introduise auprès de quelqu'un qui bossait à l'Université de Ryde.

– Désolé, à ce niveau, je ne peux pas t'être utile. Je ne connais personne là-bas... Il fait quoi ton type ?

– Recherches appliquées en agronomie.

– ... Non, même hors Université, je ne connais personne dans sa branche... Peut-être côté sport ? Quel sport pratique-t-il ?

– Je ne sais pas s'il en fait.

– Tu as déjà vu un Australien qui ne fait pas de sport ?

– Il n'est pas Australien. En fait, c'est un Canaque.

– Et de ce côté-là ? Toi, tu ne connais pas de Canaques ?

– Non.

– J'ai trouvé. Robert Martin, le prof de maths à mon Uni, il s'intéresse aux Canaques, d'ailleurs, sa femme est une native et...

– Non, je ne veux pas passer par lui.

– Ah... Peut-être Erick.

– Erick ?

– Oui, c'est un Français : Erick Valeric, il a passé sa thèse à l'Université du NSW sur les Canaques. Je ne sais plus tout ce qu'il a pu me raconter comme conneries à ce sujet. Le "postulat du bateau" qu'il appelait ça. Ce qu'il a pu nous seriner, le pauvre, avec ça. Une fois, j'avais une copine, dans une partie, qui était venue un peu avec l'idée de se faire draguer. Elle n'a jamais pu s'en dépêtrer de la soirée. Trois heures qu'il a passées avec elle, à lui parler de sa théorie du bateau ! La glu ! Et en plus, Érick, il se plaint toujours qu'il n'arrive pas à trouver de copine. Tu parles !

– Je ne vois pas le rapport.

– Si, attends, Erick, il était mordu dingue sur sa thèse des Canaques. Un jour, je me souviens qu'il m'a dit que pour bâtir sa thèse sur le sujet, il avait des informations de première bourre auprès d'un ingénieur canaque de Ryde. Si ça se trouve, c'est le même. Des Canaques, il n'y en a pas des wagons en Australie. D'ailleurs, si ça t'intéresse de le savoir, tu vas voir ma copine Élisabeth au Département Immigration, elle pourra te dire exactement combien ils sont.

– Pourquoi, elle tient le fichier ?

– Non, elle est au service Statistiques, mais elle peut faire un tirage informatique spécifique.

– ... Tu pourrais lui demander ça ?

– Ça dépend.

– Ça dépend de quoi ?

– De toi, si tu sais bien me faire l'amour.

– Et pour l'adresse d'Erick ?

– C'est pareil.

Ils avaient passé une nuit des plus folles et câlines. Le résultat avait dû satisfaire Alison car le lendemain soir, quand il se présenta chez elle comme convenu, il découvrit qu'il y avait déjà un autre invité.

– Laurent, je te présente Erick, un copain que j'ai invité à prendre le thé.

Le thé à l'australienne bien entendu. C'est-à-dire cette habitude d'origine anglaise de prendre avec le thé quelques biscuits et sandwiches qui sert de repas à dix-huit heures.

— Erick, c'est Laurent, un vieux copain à Steph. Tu connais Steph !
— Le photographe ?
— Oui.
— Enchanté, vieux.
— De même, tu es photographe aussi ?
— Non, je bosse dans la pub, et toi ?
— Moi, je suis en vacances.

Ils parlèrent un peu de tout. Alison agrémentait la conversation, quelques mots par ci, quelques mots par là.

— Ah ! Au fait Laurent, tu n'oublieras pas ton enveloppe.

Elle lui désignait une enveloppe blanche posée sur la télé. Au signe des yeux qu'elle lui fit, il comprit qu'il s'agissait du listing dont ils avaient parlé la veille. Décidément, une efficace Alison !

— Ainsi, tu as passé ta thèse en Australie ?
— Oui, sur les Canaques.
— Les Canaques ? Ah bon, quelle idée pour une thèse.
— D'abord, c'est un sujet peu étudié, ensuite ils ont la cote ici du fait qu'ils luttent pour leur indépendance, et puis j'avais une source d'information en or, un grand bonhomme, un ingénieur canaque qui m'a donné des informations de première main.
— J'aimerais bien lire ta thèse, tu l'as publiée ?
— Oui, c'est vrai que tu souhaiterais la lire ? Ses yeux brillaient de fierté.
— Oui, c'est vrai, sincèrement, ça doit être intéressant, surtout si tu es sûr de tes sources.
— Sûr à 100 %, Omar est une mine d'or. Tu sais, les Canaques.
— Stop ! Je t'arrête, fais-moi plaisir, ne déflore pas le sujet, tu me gâcherais ma joie, dit Laurent qui sentait Erick

partir pour un récit fleuve.

— Tu as raison, je peux te joindre où ?

— Laurent passe me prendre demain soir, peux-tu la déposer chez moi ?

— Bien sûr, ça sera fait.

Il n'était pas facile à mettre dehors Erick, mais pour une fois, sans doute le fait d'avoir trouvé un lecteur, il s'en alla normalement.

— J'ai dit que tu passerais me prendre demain soir, mais tu pourrais peut-être me prendre dès maintenant, non ?

Elle y avait pris goût. Laurent passa sa seconde nuit chez elle. Il y avait maintenant comme une complicité de vieux amants entre eux, sans doute la conséquence d'une parfaite entente physique. Le matin, elle ne travaillait pas. Laurent était allé lui chercher des croissants français et lui avait préparé un plateau de petit-déjeuner qu'il lui servit au lit. Surprise par cette attention, elle le couvait d'un regard tendre. Il épluchait la liste des Canaques présents en Australie.

C'est vrai qu'elle était très courte : quarante-sept noms parmi lesquels ceux qu'il connaissait déjà. En tenant compte de ceux qui étaient dans le Western Australia, ou paumés dans le bush, il en restait vingt et un à Sydney ou dans les environs proches, ce qui, en effet, ne représentait pas une grosse masse de suspects, même dans le cas où la totalité d'entre eux partageait ces idées extrémistes. Erick n'avait pas traîné. Il était passé déposer un exemplaire de sa thèse dès le matin en allant à son bureau. Il fut enchanté que Laurent soit là, et surtout que celui-ci lui déclara avoir envie de la lire le jour même, et d'en discuter avec lui dans la soirée s'il n'y voyait pas d'inconvénient. Il n'en voyait pas. Ils se donnèrent rendez-vous à 19 heures 30. Erick quittait son travail à 17 heures et faisait une heure de tennis à Maroubra de 18 à 19 heures. Laurent tenait à l'inviter à dîner.

Alison et Laurent restèrent ensemble jusqu'au lunch. Puis, alors qu'elle gagnait l'Université pour prendre son service à treize heures, Laurent s'enferma dans la lecture de cette fameuse thèse qui faisait quand même 258 pages.

Erick sortait de sa douche lorsque Laurent sonna. Il lui offrit un jus d'oranges et termina de se préparer. Laurent sentait bien qu'il brûlait d'envie de le questionner, mais il n'en fit rien jusqu'au restaurant de Bondy où ils s'installèrent à la terrasse, face à la plage. Ils passèrent commande du repas et Laurent décida d'abréger le supplice. Il avait pitié d'Erick dont on sentait bouillonner l'impatience intérieure.

– J'ai lu ta thèse, c'est un excellent travail, si, si, à part peut-être deux ou trois petites choses que tu aurais pu élaguer. J'avoue que j'ai été énormément intéressé.

– Quoi par exemple, ces petites choses ?

– La fin du troisième chapitre.

– C'est exactement ce que m'ont dit les jurés.

– Mais rien n'est jamais parfait. À part ces petits détails, c'est un travail considérable et de grande valeur.

Erick était rouge de confusion.

– Il y a énormément de choses que j'ai apprises et qui me paraissent originales. Ta théorie est relativement révolutionnaire, c'est la première fois que j'ai connaissance de l'histoire canaque sous cet angle. J'ai beaucoup aimé toute la première partie et la conclusion. As-tu obtenu une mention ?

– Non, non, et même, en fait, je l'ai passée de justesse.

– Ah bon ? Sans doute à cause de cette fin du troisième chapitre, et puis peut-être aussi par un léger passage dans le second qui me paraît un peu farfelu, original, mais farfelu.

– Ah bon, lequel ?
– Celui concernant les origines de la tribu d'Ouvéa.
– Pourtant, c'est officiel.
– Là, tu m'excuseras d'en douter. Ça n'enlève strictement rien à la valeur de l'œuvre, mais j'ai du mal à l'accepter.
– Écoute, le copain qui m'a servi de maître-assistant de recherches est un Canaque lui-même, il est ingénieur.
– Ce n'est pas une raison, c'est peut-être un fumiste ou un illuminé.
– Impossible ! C'est un type très sérieux que je respecte, c'est presque devenu un ami, je t'assure que c'est quelqu'un de grande valeur.
– N'empêche qu'il ne me convainc pas.
– Accepterais-tu qu'il t'en parle lui-même ?
– Oui, ça, j'aimerais bien.
– Attends ! Quelle heure est-il ? Neuf heures moins le quart, je vais lui téléphoner.
...
– Il est tout à fait d'accord pour te rencontrer. Es-tu libre demain soir pour dîner chez moi, il sera là ?
– Avec grand plaisir.

Laurent s'était éveillé de bonne humeur, l'idée de rencontrer Omar l'excitait. La journée s'était écoulée lentement, et il fut soulagé quand l'horloge indiqua l'heure du rendez-vous. Erick avait préparé le repas lui-même, à l'australienne : une salade verte avec des tomates en quartiers et des rondelles d'oignons blancs. Suivaient du poulet frit qu'il avait acheté au take away voisin et une salade de fruits. Laurent avait apporté deux bouteilles de rouge, du "lake folie's" de la Hunter Valley.

Omar était très digne dans un costume de lin grège. Il avait une classe indéniable et, d'emblée, Laurent sut qu'il était l'homme fort de la conjuration. Erick avait fait les présentations dans lesquelles Laurent apparaissait comme le boy-friend d'Alison, une copine australienne. Lui-même se définit comme un amoureux de l'Australie, ingénieur chimiste en vacances qui, hors de son métier, ne s'intéressait qu'à peu de choses, surtout pas à la politique dont il saturait en France, mais néanmoins sensible à certains mouvements comme les écologistes ou SOS Racisme.

Omar était vraiment une tête, ses connaissances sur les origines canaques étaient manifestement très compétentes, mais elles étaient aussi très étendues sur les sujets les plus divers. Il se permit même, sous le prétexte d'aborder certaines théories génétiques, de se référer à un livre quelque peu ancien maintenant que Monod avait intitulé : "Le hasard et la nécessité". Sous le couvert d'appuyer la théorie de Monod, il citait quelques formules chimiques que celui-ci avait notées dans son livre, à l'appui de sa thèse. Laurent fut à l'aise pour les discuter, il se doutait pertinemment qu'Omar lui faisait passer un examen de contrôle pour vérifier, l'air de rien, s'il était bien l'ingénieur chimiste qu'il prétendait être.

Quoi qu'il en soit, après cela, la conversation fut des plus détendues. Laurent, qui avait à nouveau relu la thèse avant de venir, réfuta quelques points qu'Omar contrecarra par des arguments précis. La soirée dura jusqu'à onze heures dans une ambiance de plus en plus amicale, entrecoupée de temps en temps par des bribes de conversation hors sujet. Laurent apprit ainsi qu'Omar était Musulman, raison pour laquelle il n'avait pas fait honneur aux bouteilles de vin pendant le repas. Laurent était content de sa soirée, il était persuadé qu'il détenait en Omar Koutima le chef spirituel du fameux

"Gouvernement en exil". Pas une fois, ils n'avaient abordé de problèmes purement politiques. Mais c'était un malin, le Omar, dans sa présentation historique de l'évolution canaque et les réponses de Laurent, il avait pu juger que ce dernier, en bon métropolitain apolitique, était favorable à l'indépendance. Le sort de la Nouvelle-Calédonie n'importait pas plus à cet ingénieur chimiste que celui de la Papouasie, et cela satisfaisait Omar.

Chapitre 12

Omar avait réuni son "Gouvernement". Il y avait là neuf Canaques plus Robert Martin et Noël Lawson, les conseillers privés.

– Messieurs, notre opération est pour bientôt.

Un murmure de satisfaction parcourut l'assemblée. Omar se délectait en voyant cette poussée d'espoir qui les animait.

– Chez nous, Evariste et Naroudé ont tenu un maximum de réunions, ils ont visité toutes les tribus. Ils ont fait un excellent travail. 83 frères ont prêté le serment du sang. Ils seront beaucoup plus à nous rejoindre quand le combat aura commencé. Mais le secret doit primer tout, de lui dépend la réussite de notre action, c'est la raison pour laquelle notre recrutement est limité. Vingt-cinq parmi ces jeunes frères ont été admis dans l'armée secrète. Evariste est très sélectif et il a toute ma confiance. Actuellement, il a regroupé ces jeunes vers Koumou et a entamé une phase d'entraînement militaire intensif. Nous devons, je crois, voter une motion de félicitations à notre Ministre des Armées. Qui est pour ? Toutes les mains se levèrent.

– Bien, je ferai part à Evariste de votre décision. Mais si Evariste et Naroudé remplissent leur mission comme prévu, nous devons, nous, ici, être également prêts pour accomplir la tâche primordiale qui nous incombe. Domé et Koumé, vous devez reprendre un entraînement intensif.

– N'y a-t-il aucun risque à retourner là-bas ?

– Aucun. L'exécution de l'espionne est passée pour un accident. Elle n'avait pas eu le temps d'informer qui que ce soit. Notre sœur Léone, qui travaille au poste d'Expansion Economique, nous avait avertis de la venue d'un enquêteur de Paris. Cet homme a questionné tout le monde pendant huit jours à Sydney et il a disparu. Il n'a donc rien trouvé. Et qu'aurait-il trouvé ? Cette fille a eu un accident, ce sont des choses qui arrivent même aux espions. Cette affaire est enterrée, et d'ailleurs, comment trouver un lien entre l'accident et le Canyon ? Non, oublions cette parenthèse. Nous avons suspendu nos activités quelque temps par mesure de sécurité, il nous faut maintenant rattraper le temps perdu. Je veux que Domé et Koumé reprennent leur entraînement physique dès ce week-end. Le matériel, quant à lui, est fin prêt. Noël a parfaitement rempli sa mission, il est même en avance sur les délais prévus. Dans moins d'un mois, nous serons chez nous, et nous y serons en vainqueurs. Vive la Kanaki libre !

– Vive la Kanaki libre ! reprirent les hommes d'un seul chœur.

Des bières circulaient, seuls Omar et Koumé se contentaient de jus d'oranges. L'ambiance était joyeuse et bon enfant. À onze heures, ce fut l'heure de la dispersion après les consignes de rendez-vous pour ceux qui, samedi, retournaient au Canyon. Tatou quitta la maison l'un des tout derniers. Il habitait Chatswood et voulait attraper l'un des derniers trains de banlieue. De la gare à chez lui, il n'y avait guère plus de 1 800 mètres. Il avançait d'un bon pas. Ce quartier très vivant était désespérément mort à cette heure tardive. Arrivé à son domicile, il mit la clef dans la serrure, mais ne put terminer son geste, il s'écroula, foudroyé sur le pas de sa porte. Les médecins avaient conclu à une crise cardiaque. Omar avait découvert ce drame par hasard dans la presse du soir au chapitre des faits divers. Merde ! Mourir à quarante-quatre ans d'une crise cardiaque ! Nous sommes quand même bien peu de chose dans la main d'Allah. Encore heureux que Tatou n'était pas l'un des deux spécialistes de la grimpette !

Le gouvernement Kanaki en exil venait de perdre son futur Ministre des Travaux Publics et l'entreprise de bâtiment australienne Grocon l'un de ses chefs de chantiers. Pour ce décès inattendu et soudain, personne ne mit en doute la conclusion des médecins. La vie réserve des surprises, et il faut faire avec.

Chapitre 13

Laurent entrait chez lui quand le téléphone sonna.
– Laurent ! Merde, ou étais-tu ? Il y a deux heures que je cherche à te joindre.
– J'arrive à l'instant, j'étais allé voir une amie.
– C'est bien le moment de penser au cul, ils sont de retour !
– Qui est de retour ?
– Les acrobates ! À midi, en survolant le Canyon, je les ai vus. Je n'ai pas traîné dans le coin. Ils sont à nouveau à l'exercice.
Laurent se dit que c'était l'occasion ou jamais.
– Ils étaient deux sur la falaise ?
– Oui, et un en bas, je ne me suis pas approché pour ne pas les inquiéter. Qu'est-ce qu'on fait ? Tu veux qu'on les suive ?
– ... Non, de toute façon, ils reviendront à Sydney. Mais je veux savoir qui ils sont... Tu peux venir me prendre d'un coup d'avion ?
– Des clous ! Ça aurait été possible si j'avais pu te joindre à treize heures, tu n'avais qu'à pas aller draguer. Si je décolle maintenant à seize heures, je serai au mieux à dix-sept heures à Sydney. Le temps de t'embarquer, de redécoller, de faire le retour, nous ne serions guère ici avant vingt heures, une heure après la nuit. Il y aura un moment que tes gars se seront tirés à cette heure-là.

– D'abord, je ne draguais pas, Jane est une amie et c'était pour le boulot.
– Tu n'as pas à te justifier.
– À quelle heure est l'avion Armidale/Sydney ? Tu peux les repérer à l'aéroport ?
– Qui te dit qu'ils voyagent en avion ? Comment alors feraient-ils pour rejoindre le Canyon, à pied ?
– As-tu repéré une voiture ?
– Pas vu.
– Tu vas me...
– T'occupe. Je sais ce que je vais faire.
– Steph ! Merde ! Le con ! Il a raccroché. Mais, qu'est-ce qu'il va me faire comme connerie ? Ce type est inconscient. Il ne se rend pas compte que ces hommes sont dangereux !...

Laurent fulminait, il essaya de rappeler chez Steph, à la shop photo, à celle de l'Uni, chez Daniel... Ça ne répondait nulle part. Laurent était fou de rage.

Ils avaient traversé la rivière sur un petit canot pneumatique. Le canot, le matériel électronique, les antennes, tout avait été remonté sur la berge à dos d'homme. Il avait quand même fallu faire deux voyages par ce petit sentier escarpé qui, à deux kilomètres en aval, remontait sur la rive ouest d'où Michèle les avait aperçus. De là, dix kilomètres dans le bush avec un pick-up qui les attendait sous un bouquet d'arbres, et ils arriveraient au chemin de terre qui mène à la route de la chapelle d'où ils rejoindraient la Nationale A1, à Uralla à vingt-cinq kilomètres au Sud d'Armidale en direction de Sydney. Ils roulaient dans le bush, lumières éteintes. Au moment où ils allaient atteindre le chemin de terre, un 4x4 surgit d'on ne sait où et se trouva soudain face à eux. Un projecteur de toit orientable les éblouit de sa lampe à iode. Domé pila net.

– Blady bastards ! Vous ne pouvez pas allumer vos phares ! Vous avez manqué vous faire tirer comme des wallabies.

L'Australien les engueulait ferme. Le phare mobile se détourna et le 4x4 repartit à travers bush. Ils aperçurent vaguement les silhouettes de deux Australiens coiffés "d'akubra" ces chapeaux de feutre typiques, vêtus de dizzibones, ces longs imperméables de toile huilée, et tenant deux fusils. Moins de deux minutes plus tard, ils entendirent des coups de feu.

– Merde, dit Koumé. On a manqué emboutir des chasseurs de kangourous. L'Australien avait raison, on ne devrait pas rouler sans lumière, c'est encore plus suspect.

Maintenant qu'ils avaient rejoint le chemin de terre, ils allumèrent leurs phares et regagnèrent normalement Sydney. Six heures de route. Pas question de ne pas respecter la limitation de vitesse qui est fixée à cent kilomètres/heure dans l'état du NSW. À l'heure où ils allaient se coucher, il y aurait des réveils pénibles le lundi matin, surtout après les efforts physiques qu'ils avaient produits.

Steph montrait les photos à Laurent.

– Regarde-moi ces clichés ! Ce n'est pas du travail d'artiste, ça ?

Le fait est qu'on voyait parfaitement les trois visages. L'air ébahi du conducteur, celui, surpris, des deux passagers, se lisaient sur des faces parfaitement nettes, de même que l'était la plaque minéralogique du véhicule.

– Alors ? Ce n'est pas du bon boulot ?

– Comment as-tu fait ?

– J'ai réquisitionné Léon et Daniel. Ils ont préparé le 4x4 et le matos photo. Avec le zinc, j'avais repéré d'où ils remontaient de la rivière, et la voiture. Il fallait bien qu'ils aient une voiture quelque part. De là-haut, faciles à repérer dans le bush les traces qu'avait faites la bagnole pour y aller, et donc le chemin qu'elle reprendrait au retour. Par contre, la bagnole, ils l'avaient bien planquée dans un petit bosquet, c'est en suivant ses traces que je l'ai découverte. On a attendu le bon moment, déguisés en chasseurs de kangourous. Un coup de phare à iode, j'ai eu largement le temps de mitrailler toute une péloche au moteur avant que Daniel détourne le phare. Ils étaient tellement ébahis qu'ils n'ont pu voir que des ombres. En plus, on a finassé notre cinéma en tirant des coups de feu qu'ils n'ont pas pu ne pas entendre.

– J'avoue que c'est bien joué. Mais mon salaud, ne me refais plus jamais le coup de raccrocher comme ça. Tu m'as foutu une putain d'angoisse ! Tu réalises quand même que ce n'est pas un jeu, ces types ne sont pas des boy-scouts !

– Tu me prends pour un demeuré ?

– Non, tu as fait un excellent boulot, chapeau !

– Et maintenant, on fait quoi ?

– Toi, tu fais de la photo et moi, mon boulot.

– Hé ! Doucement. Il n'est pas question de me faire jouer les ramasseurs de balles. N'oublie pas que tu m'as promis d'être dans le coup. Ces gars doivent faire de l'entraînement. Oui, j'ai bien réfléchi. Il n'y a rien de spécial dans ce Canyon, rien, si ce n'est la falaise qui leur sert tout simplement de lieu d'entraînement. Sans doute ont-ils une falaise, ou un mur abrupt d'un bâtiment, ou un truc comme ça en hauteur à Nouméa, qu'ils ont l'intention de gravir pour y déposer des explosifs qui seront télécommandés du sol par le complice et un système radio. Un truc qui foutrait une grosse merde, le Gouvernement général, ou le PC militaire, ou... je ne sais quoi.

– ... Tu sais que tu n'es vraiment pas con ? C'est exactement la conclusion à laquelle je suis arrivé. J'ai demandé à Nouméa qu'on me répertorie tout ce qui est bâtiment administratif type Haut-commissariat, état-major militaire, radio-télé. Tout truc important en hauteur ou sur une hauteur. Et puis dimanche, quand tu m'as accusé de draguer, j'étais avec Jane, une copine à moi, une mulâtre à qui j'ai demandé de sympathiser avec Noël pour essayer d'en tirer d'éventuelles informations, mais prudemment. Je ne voudrais pas qu'il lui arrive quoi que ce soit, je ne me le pardonnerais pas.

– Pourquoi elle ? Je la connais ?

– Non, tu ne la connais pas. Et pourquoi elle, parce que, paraît-il, Noël serait attiré par les filles de couleur. Je dis, paraît-il, parce que ce n'est même pas une information confirmée.

– Alors, nous, on fait quoi ?

– Je te l'ai dit, pour l'instant, toi, tu t'occupes de tes photos, moi de mon job.

– Tu n'as pas l'impression que tu te répètes ?

– Je suis sérieux Steph. Pour l'instant, c'est bien gentil à toi, mais tu ne peux rien faire. Laisse-moi faire mon boulot, tu veux bien ? Tu as déjà fait un excellent travail. Je vais maintenant essayer d'identifier le propriétaire de la voiture qu'ils ont utilisée pour se rendre au Canyon.

– Pas la peine, c'est Noël.

– Comment le sais-tu ?

– Un copain pilote amateur qui bosse au "Registration Department". Il n'y a pas que toi qui aies des connaissances et qui saches te servir de ta tête.

– Je vais transmettre la photo des deux alpinistes au service de police des frontières à Nouméa. On les coffrera à l'arrivée s'ils y vont.

– Tu es un super mec Laurent, mais par moments tu raisonnes comme un tambour.

– Comment ça, comme un tambour ?

– Oui, ça résonne creux dans ta tête. Parce que, d'après toi, il n'y a aucun Canaque à Nouméa dans la police des frontières ? Et tu es sûr qu'aucun d'eux ne soit pas favorable à ces tarés ? Une seule fuite et tout est par terre. Et, de plus, qui te dit que tes mecs vont entrer en Calédonie par un vol régulier ? C'est une île la Calédonie, il n'y a pas de coin peinard où un bateau puisse accoster ?

– Merde, tu sais que tu me surprendras toujours ! Je vais te faire recruter par le service.

– Très peu pour moi.

– Je plaisantais, mais tu as raison, il faut quand même que ces deux types ne quittent pas Sydney sans avoir une filoche au cul.

– Qui te dit qu'ils sont prêts à partir ?

– L'intuition mon vieux, l'intuition, et ça, dans mon métier, c'est un sens supplémentaire indispensable. Il y a trop longtemps que l'opération est en cours ici pour qu'elle ne soit pas sur le point de se réaliser. Sinon, ils n'auraient pas pris le risque de reprendre sitôt leur entraînement. Et puis, je vais te faire une confidence, hier, un message m'a annoncé qu'en Calédonie, des jeunes auraient quitté leur tribu pour une destination inconnue.

– Et, à part l'entraînement, as-tu connaissance de faits nouveaux ici ?

– J'ai, je pense, découvert leur chef.

– Et du côté de Noël ?

– Rien, Jane va essayer.

– C'est toi qui es inconscient, si Michèle s'est fait repérer, ta copine qui n'a pas d'expérience risque sa peau dans l'histoire.

– Non, Jane est Australienne, qui plus est métisse, rien à voir avec les problèmes canaques ou français. Au contraire, elle a des copains abos ; ça la rend crédible.

– Je l'espère pour elle. Mais, que penses-tu qu'elle puisse t'apprendre ? À mon avis, c'est le "Big Chief" qu'il faudrait fixer.

Steph réussit à convaincre Laurent qu'ils devaient entreprendre ensemble la filature d'Omar. Il avait sorti tout un arsenal d'arguments : tu comprends, s'il prend un transport public, s'il fait des rencontres, s'il utilise un chauffeur, toi, il te connaît déjà, tu te ferais repérer... Ça avait fonctionné, Laurent, peut-être, avait aussi au fond de lui un désir secret de se laisser convaincre.

Omar quittait l'Université dans sa Ford Astra. Au grand carrefour de Ryde, il prit en direction de Frenchforest. Steph et Laurent suivaient dans la voiture de location que Laurent changeait chaque jour pour éviter les risques de repérage : aujourd'hui, un break Mitsubishi. Au sommet des grands lacets, Omar était sur la file de droite.

– Il n'envisage pas de redescendre sur Parramatta, dit Steph, c'est déjà ça. Par contre, s'il prend à gauche, à Terrey Hills, au prochain carrefour, c'est qu'il pourrait aller chez Roger Legoadec, le pâtissier.

Il continuait tout droit. Sans doute allait-il rejoindre la route côtière à Mona Vale. C'est ce qu'il fit. Mais, au lieu de remonter sur le Nord, il revenait sur les arrières de Manly, et s'engagea vers le stade, puis se parqua dans une petite rue parallèle au Shopping-center. Ils le virent se diriger pédestrement vers une grande bâtisse proche du supermarché. Steph suivait de loin, très décontracté. Laurent attendait dans la voiture. Lorsque Omar eut pénétré dans l'immeuble, Steph s'en approcha en se baguenaudant dans le quartier, puis rejoignit Laurent à la voiture.

– Tu sais où est entré ton type ? Dans une mosquée. Enfin, presque : au centre culturel islamique.

– C'est un Musulman, je sais.

– Tu m'avais dit que…

– Attends, et si c'était un Musulman intégriste ? Et si c'étaient des intégristes qui manipulaient l'opération ?

– À mon avis, si ce sont eux, il doit toucher un paquet de fric.

– Non, j'ai eu son relevé bancaire hier par un contact.

– Alors, il va peut-être ressortir avec un gros paquet de biffetons.

– On verra bien.

Ils virent, une demi-heure plus tard, Omar ressortait les mains vides, regagnait son véhicule et repartait sur Ryde.

– … Mais peut-être n'est-ce pas lui qui reçoit l'argent ? À ton avis, le trésorier de la bande, c'est qui ?

– Noël.

– Et lui, tu as ses relevés bancaires ?

– Oui et ! 200 000 dollars ! Il a reçu un virement de 200 000 $ tout dernièrement en provenance d'une banque de Sydney. Demain, il me faut savoir qui a viré ce fric.

– C'est sympa de bosser avec toi.

Le lendemain, Laurent obtint les informations, mais l'avocat commençait à râler. Ça faisait trop d'infos indiscrètes qu'il réclamait en peu de temps. Il ne tenait pas à se faire griller auprès de ses informateurs. Les 200 000 dollars avaient été virés de la Westpac, branche de Pitt Street. Ils ne provenaient pas d'un compte client, mais d'une banque d'Arabie Saoudite. Ils n'avaient fait que transiter. Ainsi, Omar n'envisageait peut-être pas d'absurdes visées personnelles. Il pouvait être l'homme de main d'un complot intégriste.

Laurent réclama d'urgence à Paris un curriculum vitae du bonhomme, il était temps d'avoir une claire vision de son passé. Laurent s'était réveillé en pleine forme. Le fait d'avoir découvert qu'un complot intégriste pouvait être caché derrière Omar l'excitait. Il lui restait maintenant à obtenir des informations plus précises de Paris. L'affaire devenait sérieuse, il n'était plus question de petits conjurés en mal de pouvoir. Il chercha comment occuper utilement sa journée. Dans un premier temps, il envisagea de réexaminer les documents bancaires, mais le côté fastidieux et paperassier de la chose le rebuta. Et puis, il était convaincu qu'il n'y découvrirait rien d'autre d'important. Effectuer quelques filatures était également sans objet, sauf à découvrir où travaillaient les Canaques, ce qui n'était pas d'un grand intérêt.

En définitive, il décida d'ignorer sa conscience qui lui disait que tout temps non voué à l'enquête était source de salaire immérité. Après tout, il n'était pas un fonctionnaire et il y a longtemps qu'il n'avait pas bénéficié d'un repos dominical. Il décida que ce nouveau jour était dimanche, le baptisa tel, et s'en fut se prélasser sur la plage de Bondi. Dans l'eau, il y avait au moins cinquante "pingouins", c'est ainsi qu'il avait baptisé tous ces jeunes en tenue isolante de néoprène noir, à jambes et manches courtes. Ils étaient étendus sur leur planche de surf, tête en avant, face à la vague, attendant l'arrivée, au loin, d'une vague plus forte. Alors, ils pagayaient de leurs mains et s'élançaient le plus rapidement possible au-devant d'elle pour revenir en la chevauchant, dressés sur leur planche.

Sur la plage, les baigneurs étaient disséminés, ce n'était pas la foule du week-end. Quelques filles topless se faisaient dorer les seins au soleil, des mioches couraient après les mouettes qu'ils essayaient en vain de capturer. Laurent resta près de deux heures à lire, puis il jugea que l'immobilité n'était décidément pas faite pour lui. Il gagna un restaurant sur le front de mer où il commanda des crustacés. À l'heure du lunch, le quartier s'animait. À la table voisine, trois femmes discutaient ferme d'éducation. En temps normal, il aurait davantage prêté attention au physique de ses voisines qu'à leur discours, mais, peut-être en raison de ses cogitations présentes, il s'intéressa épisodiquement à leur conversation. Il était surtout question de réunion d'enseignants et de meeting universitaire. Par association d'idées, il en vint à penser au professeur Robert Martin. Il décida de s'intéresser à ce dernier. C'était peut-être un maillon faible de la bande. À voir sa réaction lorsque Bernard était venu lui vendre une cuisine, ce type était un faible. Sans doute un bon théoricien idéologiste, mais incapable de dire non à un représentant. En le secouant un peu, on devait pouvoir en tirer des informations capitales. Quant à Omar, c'était un autre calibre. Laurent passa une heure à cogiter un plan d'action. Assez content de son programme, il décida de s'octroyer trois heures de shopping.

C'est le soir même que Robert Martin, professeur de maths à l'Université, trouva bêtement la mort en traversant une chaussée qu'il empruntait chaque jour à deux pas de chez lui. Le chauffard de la vieille Holden ne s'était même pas arrêté. Cela avait révulsé les rares témoins et contrarié la police. Décidément, dans ce quartier aborigène, il y avait trop d'ivrognes. Deux témoins avaient vu la voiture zigzaguer.

En quelques jours d'écart, le Gouvernement Canaque en exil avait perdu un Ministre et un Conseiller Technique. Omar trouva que le sort s'acharnait contre lui. Inch'Allah, les décisions du ciel ne se discutent pas. Cette seconde mort aussi lui sembla naturelle, encore qu'il trouvât bizarre que le chauffeur ne se soit pas arrêté. Pour un aborigène, passe encore, mais pour un blanc !... Il fallait que ce type en tienne une sacrée dose. Peut-être un aborigène affolé à l'idée d'avoir écrasé un blanc.

Chapitre 14

Laurent venait de recevoir un message urgent. Les renseignements en provenance de Calédonie laissaient à penser que l'opération était imminente. On lui "ordonnait", ils ordonnent maintenant ! On lui ordonnait de boucler le repérage total de la bande sous deux, trois jours maximums. Et pourquoi pas pour hier soir ? Qu'ils y viennent ces cons... Laurent était en pétard après les politiques. L'ordre venait du plus haut échelon, du Premier ministre en personne. Il fallait régler cette affaire immédiatement. Hé ! Merde ! Je ne suis pas prêt, se dit Laurent. Il avait du mal à expliquer la situation à Steph.

– Si je comprends bien, tu es en train de m'expliquer que tu connais la bande, que tu connais le chef, que tu sais qu'ils vont entreprendre une opération de subversion, que tu as la certitude qu'ils ont éliminé Michèle et que tu ne peux rien faire, sauf les laisser aller foutre leur merde à Nouméa pour le profit des intégristes.

– En clair, c'est ça.

– Mais enfin, tu peux les en empêcher !

– Et comment ? Raconter mon histoire aux Australiens ? Ils rigoleront et en plus ils seraient bien capables de leur filer un coup de main, par naïveté, pour aider des indépendantistes.

– Et la France ?

– Ne peut agir qu'en France, ou sur le territoire français. Nous sommes un pays de droit. Il faut des preuves.

– Quelles preuves ?

– Qu'ils aient bien entrepris une action répréhensible. Et encore que celle-ci ait reçu un début d'exécution, qu'elle n'en soit pas restée à l'état d'intention.

– Et Michèle, c'était une intention ?

– C'était… un accident.

– Oui ! Notre rencontre aussi, Salut !

Steph était parti en claquant la porte. Laurent ne pouvait pas lui en vouloir, lui-même était dans une rage froide. Il sentait qu'il n'aurait pas le temps matériel de mener sa mission à bien. Et pourtant, il avait sacrement progressé, surtout seul, enfin seul du service, avec l'aide justement de quelques copains qu'il s'était faits, comme Steph, dont il comprenait la réaction. Il décida de passer voir Jane puisqu'elle ne l'avait pas contacté.

– Toi, tu dois avoir un radar dans la tête. Je viens d'arriver de mes cours et j'allais au Oaks, le pub de military Road. Bonjour quand même.

Elle l'embrassa amicalement.

– Tu fais la tête ?

– Je suis dans la mouise. Mon boss voudrait que je clôture mon enquête sous deux jours. Comment veux-tu qu'en deux jours je puisse compléter un fichier sur plus de vingt personnes quand j'en connais moins de la moitié ! Et toi, as-tu obtenu des renseignements ?

– Rien, sinon tu penses bien que je t'aurais contacté. Et je me demande si ton tuyau est fiable. J'ai comme l'impression que ton gars est insensible à mon charme. Je ne vais quand même pas le violer.

– Mais tu as pu l'approcher ?

– Mieux, j'ai été introduite par Graham qui est un fondu d'électronique et le connaît très bien. Je suis allée trois fois chez lui et, non seulement il ne me drague pas ce con, mais j'aurais presque l'impression qu'il m'évite.

– Merde…

– Tu crois que je ne te serais pas plus utile en essayant de t'aider à découvrir le reste de la bande ?

– Oui, mais comment ?

– Tu ne m'as pas dit que tu avais obtenu une liste de tous les Canaques recensés en Australie ? Je pourrais passer les voir.

– Pour leur dire quoi ?... Attends, c'est peut-être une idée. Si l'on pouvait déjà suivre ceux que l'on connaît, on pourrait repérer ceux qu'il rencontre et enquêter sur ceux-là. Mais c'est le temps !

– Écoute, tu en choisis un, j'en prends un autre.

– Non, peux-tu te libérer deux jours ?

– Pas de problème.

– Alors, tu te planques près de chez Noël et tu me photographies tous les Canaques qui se présentent chez lui. Tu peux faire ça ?

– Pas de problème.

– O.K. je t'embrasse.

Laurent sentait fort bien que c'était une sacrée corvée qu'il lui confiait et sans doute pour un faible résultat, mais il fallait bien faire quelque chose. Demain, c'était l'enterrement de Robert Martin, le petit prof. Il ne pouvait pas s'y faire remarquer, mais il pouvait demander à Franck d'aller y tirer une galerie de portraits. Pour Franck qui avait bossé dans la photo avec Steph, ce ne serait pas un problème. Quand il lui eut exposé son projet, Franck lui confirma qu'il se chargeait de la mission et qu'il pouvait avoir confiance, pas un visage n'échapperait au mitraillage de son Minolta 9000, y compris les visages foncés qui pourraient, par sécurité, se tenir éloignés de la tombe.

Cet entretien avait quelque peu rassuré Laurent, mais il n'était pas totalement calmé pour autant. Il avait toujours les boules et, bien que ce ne soit pas dans sa nature, ce soir, il traînait un coup de cafard. Il décida d'appeler Alison. Elle riait en décrochant le téléphone.
– Tu n'es pas seule ?
– Non.
– Tu es occupée ce soir ?
– Pour toi, je vais m'arranger. Je t'attends dans une demi-heure et n'essaie pas de passer en courant d'air. Je te garde pour la nuit.

À voir son air lugubre, elle sut que Laurent avait des soucis. Elle ne posa aucune question et lui offrit un verre de vodka glacée. Laurent s'était assis dans le fauteuil de cuir moelleux, ou plus exactement, il s'y était affalé. Jambes allongées, corps rejeté en arrière sur le dossier, verre à la main, il essayait de retrouver un vide intérieur.

Alison s'était agenouillée derrière le fauteuil. Elle colla sa tête contre la sienne, tendrement. Ses mains enlaçant le buste de Laurent par-derrière caressaient sa poitrine. Bouton après bouton, elles dégrafaient sa chemise, se glissaient entre peau et tergal, descendaient subrepticement sur son bas-ventre en rampant sous sa ceinture de cuir fauve. En d'autres circonstances, Laurent aurait aimé se laisser apprivoiser comme cela, tout doucement. Mais il était encore tendu d'une rage intérieure. Alors qu'elle essayait de glisser ses mains longues et fines sur son ventre, il se saisit de ses poignets et souleva ses deux bras au-dessus de sa tête. Il l'attira d'un coup à lui, la renversa sur la moquette et la prit là, presque bestialement, brutalement, sans préalable, sans gestes ni mots superflus, ni même de tendresse coutumière.

Ce fut un rapport inhabituel et fort, rustre, rude, macho, une sorte de viol consenti qu'elle acceptait en silence. Tout à l'opposé de leurs goûts et de leurs attirances. Un acte d'animal sauvage et incontrôlé. Il répandit sa sève en elle et, malgré ça, resta tendu, presque malheureux, furieux après lui-même d'avoir répondu à ses caresses par un acte plus libératoire d'énergie que de désir sexuel. Honteux et rageur de n'avoir su maîtriser sa rage froide. Coupable de ce rut charnel d'où son plaisir à elle était exclu et qu'elle avait subi comme une suppliciée. Alison ne dit mot. Elle gagna la salle de bains où elle s'éternisa, peut-être afin qu'il puisse boire le calice de sa honte dans une calme solitude, peut-être aussi pour éviter les mots qui pourraient être dits. Lorsqu'elle revint, Laurent n'avait pas bougé, il restait étendu sur la moquette, un bras replié sous sa nuque.

Alison s'assit à ses côtés, lui caressa la joue d'un doigt affectueux, son autre main parcourant sa poitrine, descendant sur le ventre, effleurant l'entrecuisse, emprisonnant le sexe encore tendu par des nerfs inassouvis. Sa langue galopa le long du corps pour venir engloutir ce membre brûlant de désir. Laurent essaya de se racheter par une douceur et des caresses affectueuses et câlines, il la couvrit toute de baisers et s'attarda longuement sur sa toison humide qu'il embrassait avec tendresse. Il était maintenant détendu après cette seconde jouissance, après ce plaisir charnel qu'ils avaient partagé, cette action nécessaire pour effacer la précédente. Ce moment privilégié d'un coït partagé et désiré.

Cette fois, elle n'avait fait qu'un bref passage dans la salle de bains dont elle revenait seins nus, vêtue d'un simple slip de coton blanc. Laurent, maintenant détendu, savait que les mots d'excuses n'étaient plus nécessaires. Il fumait une Peter Jackson, heureux que ce moment humiliant pour lui ait pu disparaître sans trace. Alison apporta deux tasses de thé qu'elle posa sur la table basse, écartant les journaux qui traînaient là. Elle buvait son breuvage à petites goulées. Laurent restait plongé dans un monde intérieur. Elle attrapa un journal du soir, s'assura qu'il était bien ouvert à la bonne page et lui tendit.

– Tiens, lis.

Laurent voulut écarter le journal de la main.

– Lis ! insista-t-elle.

– L'article en évidence faisait état d'un fait divers "Parramatta, accident du travail. Un homme écrasé par un chariot élévateur. Un manutentionnaire du nom d'Albert Foujima".

! Ça se bousculait dans la tête à Laurent.

– Eh oui ! Le troisième en quelques jours. On meurt beaucoup chez les Canaques en ce moment !

Laurent s'était dressé d'un bond et fixait Alison d'un regard incrédule.

– Oui, je crois le moment venu, Laurent, que nous ayons une franche explication. C'est vrai que j'ai un petit coup de cœur pour toi et que je n'ai jamais fait l'amour avec toi que par plaisir. Mais il est vrai aussi que, lorsque tu croyais m'utiliser, c'est que j'étais d'accord pour l'être. À quoi bon dissimuler plus longtemps puisque nos intérêts convergent, du moins en ce moment, du moins sur ce coup-ci.

– Tu es…

– Oui, MOSSAD. Nos amis Juifs de Nouméa s'inquiètent depuis quelque temps.

– Ainsi, nous sommes sur la même opération ?

– Oui, je vais éclairer ta lanterne. Michèle était tombée

par hasard sur une séance d'entraînement à Armidale. Personne ne le savait, pas même moi. Elle a voulu mener son enquête seule. À un moment, Noël a compris.

— Ce salaud, je…

— Non. Noël est mon équipier. Il est infiltré chez eux car nous y sommes venus en suivant le réseau intégriste qui est derrière Omar. Noël a compris que Michèle appartenait aux services français quand elle a commencé à enquêter auprès de lui. Il ne s'en était pas plus douté que moi. Tu vois, on connaît mal ses amis parfois. En six mois de vie commune avec elle, je n'ai jamais eu le moindre doute.

— Et elle non plus à ton égard ?

— Et elle non plus. Mais elle était agent dormant, n'est-ce pas ? Le problème, c'est que, quand Noël a compris, elle avait, je ne sais comment, peut-être en planquant, repéré Koumé qui allait souvent chez Noël. Et elle avait enquêté sur lui. Le hic, c'est que lui l'avait repérée et en avait parlé à Omar, et Omar a combiné le coup de l'accident.

— C'est Omar qui l'a descendue ?

— Non, Omar et Noël étaient à Melbourne ce week-end-là. Omar pour un congrès et Noël à la Foire-Exposition annuelle. C'est Koumé et Domé qui ont fait le coup. Noël l'a appris d'Omar pendant leur voyage à Melbourne. Noël n'a rien pu faire pour intervenir. C'est un malin l'Omar, le samedi matin, il a fait déposer un mot chez Michèle de la part de Léone, enfin soi-disant de sa part, une Canaque qui travaillait avec Michèle, lui demandant si elle ne pouvait pas héberger, le dimanche soir, un frère à elle qui devait passer huit jours à Sydney après une expérience extraordinaire qu'il devait faire le week-end près d'Armidale. Rien de précis, mais assez pour donner l'envie à Michèle d'aller voir de plus près ce qui devait se passer dans le Canyon.

– Et ça a marché.

– Et ça a marché, elle a loué une voiture illico et a pris la route. Elle ignorait alors que le piège était en place. L'un des deux Canaques la suivait en voiture pendant tout le trajet afin d'avertir l'autre qui attendait à Tamworth son arrivée. Ils communiquaient par radio. Sans doute avaient-ils prévu, avec un camion volé, de la prendre bille en tête en pleine route. Mais elle s'est arrêtée pour se dégourdir les jambes et admirer le paysage, et celui qui la suivait tenait l'autre au courant par radio de ses faits et gestes. Du coup, elle leur a facilité la tâche par son arrêt. L'accident con du camion loupant le virage, c'était plus discret qu'un face-à-face en pleine circulation.

– Merde, les fumiers !

– Oui. Moi aussi, ça m'a foutu un coup. Je l'ai appris par la télé avant même que Noël puisse m'en informer. Ce week-end là, j'étais à côté de Newcastle avec Amanda.

– Mais pourquoi Noël ou toi ne m'avez rien dit jusqu'à présent ?

– À chacun son boulot, nous t'avons aidé comme nous avons pu, je t'ai présenté Erick.

– Et Noël ne…

– Ne peut pas se griller, sa mission est dangereuse et importante. En tant que financier du groupe, il détient un poste clef pour obtenir les informations.

– Mais alors ? La crise cardiaque, le chauffard, l'accident du travail.

– C'est nous.

– Vous comptez les liquider ?

– Non, pas du tout. Le premier, c'est à cause de toi. Il t'avait repéré sortant de chez le prof avec un autre gars venu lui vendre une cuisine aménagée et il t'a revu chez Noël. Noël avait peur qu'il parle.

– Le prof, c'est différent, ça concerne une autre affaire ici dont je n'ai pas à te parler. Il fallait éviter que les messages passent par lui.

– Et Albert, le beau-frère ?

– Il venait d'apprendre par un copain à lui que des renseignements bancaires avaient été demandés sur quelques comptes et il en a parlé à Noël, disant qu'il fallait avertir Omar de toute urgence. Noël a répondu qu'il s'en chargeait.

– ... Et d'après toi, Omar, il va prendre ça comment ?

– Je n'en sais rien, mais ce que je sais, c'est qu'il va être trop occupé, dans les jours qui viennent, pour avoir le temps de méditer sur la fatalité. Nous sommes vendredi, ils partent lundi soir pour Nouméa.

– Tous ?

– Oui, tous. Et crois-moi que là-bas, ça va être votre fête. Ils ont deux types sur place. Tiens, voilà leur fiche, ils auraient recruté du monde.

– Et toi là-dedans ?

– Moi ? Mon rôle se termine, ma mission est de couvrir Noël et de servir de liaison à l'Université.

– Bibliothécaire, une bonne place pour ça.

– Bien sûr.

– Et Noël ?

– Lui ne part pas. Lui et le prof étaient les deux seuls à devoir rester ici jusqu'à ce que la situation là-bas permette au Gouvernement Kanaki insurrectionnel de les appeler sur place.

– Et ils partent comment, les autres ?

– Ça, il faudrait le demander à Omar.

– Noël doit le savoir ?

– Oui, il doit le savoir, mais c'est là qu'est l'os. Noël a réussi à me passer un message de justesse, et encore suivant une procédure d'urgence, Omar a convoqué tout le monde au

pied levé. Jusqu'au départ, ils ne se quittent plus. Sans doute une mesure de sécurité pour éviter des fuites éventuelles. Résultat, je ne peux plus joindre Noël.
– Merde, c'est la guigne !
– Comme tu dis.

– Laurent ! C'est Steph. Excuse-moi pour l'autre jour vieux, je suis parti brutalement, j'avais les boules.
– Ne t'inquiète pas, j'aurais sans doute réagi de même, oublie, veux-tu ?
– J'ai décidé de prendre quinze jours de congé pour venir t'aider à Sydney. Je pourrai te donner un coup de main pour filocher tes gars. Je me suis arrangé avec Keith, elle va tenir ma shop.
– Laisse tomber Steph, c'est foutu.
– Comment c'est foutu ?
– Oui, je t'expliquerai, ce serait trop long au téléphone.
– Non, non, tu ne peux pas t'en tirer comme ça. Et ne t'occupe pas du téléphone, c'est moi qui paie.
– Bon, je te résume : ta copine Alison et Noël appartiennent aux services secrets israéliens. Omar et sa bande ont tous disparu jusqu'à lundi. Et lundi, ils partent pour Nouméa.
– ... Ils partent comment ?
– Je n'en sais foutrement rien.
– ... Noël n'est donc pour rien dans le meurtre de Michèle ? Tu en es sûr ?
– Oui. Ce sont les deux alpinistes qui ont fait le coup sous les ordres directs d'Omar. Noël l'a appris trop tard pour essayer d'intervenir.
– Et tu vas laisser filer tout ce beau monde !

– Que veux-tu que je fasse d'autre ? Je pars pour Nouméa demain matin par le premier avion, le vol QANTAS de 8 heures 20. Je vais organiser un méga comité d'accueil. Nous allons tout faire pour les cueillir à l'arrivée. Inutile de te dire que notre conversation, c'est du top secret.

– ... Et moi, tu me laisses tomber ? Tu me laisses hors du coup ?

– Désolé vieux, mais désormais, ça va se passer ailleurs. Ma mission ici est terminée. Merci pour ton aide et... et pour ton amitié. J'aurais souhaité des adieux plus conviviaux qu'au téléphone.

– Dis-moi, à Nouméa, tu as un point de chute où je pourrais te joindre en cas de besoin ?

– Au Haut-Commissariat. Tu demanderas Laurent Marchand de la part de Steph d'Armidale, je laisserai des consignes au central téléphonique.

– Merci quand même. J'aurais pourtant aimé que tu m'en dises plus. C'est bref comme ça au téléphone, ça fait style télégraphique.

– Demande à ta copine Alison, elle pourra te raconter toute l'histoire dans ses moindres détails.

– À propos de moindres détails, tu la connais bien maintenant.

– Oui, je la connais bien.

– Et elle, ça ne lui fait rien que les gars qui ont descendu Michèle s'en sortent ? Elle va avec toi à Nouméa ?

– Non, pour elle aussi, son job est fini.

– Autrement dit, c'est comme si on enterrait Michèle une seconde fois ! Bon, eh bien, salut vieux, ravi de t'avoir connu.

Chapitre 15

Laurent était dans le bureau d'Yves Legoff, le Directeur de Cabinet du Haut-Commissaire, qui avait tenu à l'accueillir lui-même à l'aéroport. Ils faisaient équipe et le téléphone avait fonctionné sec depuis les deux heures qu'ils occupaient ce lieu. Il était 14 heures 10 et à 15 heures devait se tenir une réunion restreinte dans le bureau du Haut-Commissaire.

À l'heure dite, celui-ci ouvrait la séance, il y avait là le Préfet de Région, le Préfet de Police, le Commandant de gendarmerie, le Commandant des C.R.S. et, outre Laurent et Léon Legoff, le Commandant d'Armes qui s'était fait accompagner des responsables des trois armes : air, terre et mer. Le briefing dura jusqu'à 18 heures. Laurent, présenté comme un conseiller technique, terme qui ne trompa personne sur sa véritable fonction, fit un exposé succinct de la situation et de ses déductions sur les événements à venir. Après quoi, il laissa aux responsables politiques et militaires le choix de mise en œuvre des moyens qu'ils jugèrent appropriés pour y faire échec.

À 18 heures, Laurent se retrouva seul avec Yves Legoff. La maîtrise de la situation ici leur échappait maintenant. Ils refirent ensemble l'inventaire des décisions retenues pour s'assurer que rien n'avait été oublié. Les Paras avaient mission de prospecter le Nord de l'île à la recherche du fameux camp d'entraînement des rebelles. Les C.R.S. effectuaient des rondes sur tout le territoire, les gendarmes assuraient le contrôle des véhicules aux portes de Nouméa. Quant aux forces terrestres, elles surveillaient, en liaison avec la Marine Nationale, toutes les zones de débarquements éventuels dans l'île. Outre sa mission de surveillance des côtes, la Marine Nationale devait, avec l'Aviation, contrôler la pénétration de tout navire dans les eaux territoriales.

– À mon avis, ils ont paré à tout. Théoriquement, rien ne devrait se passer avant lundi ou mardi. Mais d'un autre côté, nous n'avons aucune certitude que, pour une raison quelconque, Omar n'ait pas décidé d'avancer sa venue. Actuellement, les 700 paras promis par Paris doivent être en train d'embarquer sur les deux Boeing spéciaux d'Air France. Nous sommes samedi soir, ils seront là lundi matin.

– Les exercices de débarquement de cette nuit nous donneront une petite idée sur l'efficacité du dispositif mis en place. Je crois que nous avons bien le droit à quelques heures de repos.

Ils décidèrent d'aller s'offrir un repas en bord de mer, sur la baie des citrons. Maintenant, il n'y avait plus qu'à attendre et Laurent n'avait rien dans l'estomac depuis le petit-déjeuner qu'on lui avait servi dans l'avion. La vie continuait normalement autour d'eux. N'eusse été cette activité militaire que l'on sentait plus présente, bien que discrète, rien ne laissait présager l'imminence d'événements graves. Laurent avait envie de tout oublier, mais il ne pouvait chasser de sa tête ce perpétuel questionnement : que vont-ils faire péter ?

Yves Legoff avait avancé trois objectifs possibles lors de la réunion, chacun des responsables locaux avait fait le tour des cibles éventuelles et s'était rangé à ses conclusions. Mais rien ne prouvait que la bonne figurait dans les trois. De toute façon, la cible était maintenant secondaire, le but était de neutraliser les rebelles avant qu'ils ne l'atteignent, quelle qu'elle fût.

– Tu assures la permanence à ton bureau cette nuit ?

– Non, je vais essayer de prendre du sommeil d'avance. Je crois que nous aurons besoin d'avoir des réserves dans les jours qui viennent, tu ferais bien d'en faire autant.

– C'est bien mon intention.

Yves avait refusé que Laurent descende à l'hôtel, il lui avait offert d'office une chambre chez lui, prétextant la nécessité d'un contact permanent. Il faisait bon sur cette terrasse qui dominait la mer. Des projecteurs éclairant les pilotis laissaient passer le regard au travers d'une eau translucide jusqu'à un fond de sable blanc. Laurent déplorait cette folie constante des hommes qui transforme les lieux les plus beaux en théâtre de combats fratricides.

– Et le Club Med ? Tu ne penses pas que nous devrions y faire un contrôle plus sévère ? Il y a un gars qui fait des circuits en ULM, tu ne crois pas que c'est un moyen d'arriver en douce ?

– Sûrement pas discrètement, et il faudrait une escadrille. Allez, laisse tomber, on va se coucher.

Le dimanche matin, ils étaient passés au bureau dès neuf heures. Des rapports arrivaient en prévision du meeting de quatorze heures. Le Haut-Commissaire avait souhaité, dimanche ou non, qu'une réunion se tienne à nouveau dans son bureau à cette heure-là. L'un des trois exercices nocturnes avait failli mal tourner, un commando de débarquement avait évité de justesse de se faire mitrailler, preuve que la troupe prenait son rôle très au sérieux.

Après avoir pris connaissance des messages, dont celui de Paris confirmant le départ des paras, les deux hommes décidèrent de s'octroyer le luxe de quelques heures de distraction. Yves emmena Laurent jusqu'à l'aquarium qui est une petite merveille, spécialement sa salle noire où éclate une féerie de coraux fluorescents. Bien qu'aucun d'eux ne l'avouât, ils n'avaient guère trouvé le sommeil.

– À midi, c'est moi qui régale.

Laurent, bien qu'invitant, avait laissé à Yves l'autochtone, le choix du restaurant. Celui-ci proposa le snack de la Marina, non dans un but gastronomique, mais parce qu'il était climatisé et qu'il ne souhaitait pas de nourriture lourde. Il ne s'agissait pas que l'estomac vous appelle à la sieste pendant le meeting à venir.

– À ton avis si ça pétait par une action d'éclat, crois-tu que la foule suivrait ?

– Je ne pense pas, depuis le passage de Rocard à Canberra et en Nouvelle-Zélande, Aussies et Kiwis ont stoppé toute aide financière, d'autre part, en participant aux commandes des affaires, et devant les budgets débloqués, les Canaques ont réalisé que la coopération avait du bon. Les idées indépendantistes sur place, ici, ont disparu des conversations. Je crois que les Canaques australiens se font des idées sur l'état d'esprit qui règne à Nouméa.

La réunion avait commencé à quatorze heures précises. La ponctualité était décidément de mise chez le Haut-Commissaire. En fait, on avait fait le bilan des exercices de nuit, des rapports de chefs de section, des comptes rendus de chefs de corps, et revu les plans de sécurité mis en place. Le commandant des C.R.S. déclara qu'à son avis le plan "pic-vert", puisque c'est ainsi qu'avait été dénommée l'opération de sécurité défense, aurait pu faire l'économie d'un jour afin de ménager la condition physique des hommes. À juste titre, le commandant d'armes lui rétorqua que l'argument était facile après coup, mais qu'il ne tiendrait sûrement pas le même langage si les rebelles avaient avancé la date de débarquement.

Dans l'ensemble, l'état-major de crise réagissait calmement et efficacement. Nul affolement, nul doute, n'avait un seul instant effleuré ces hommes conscients de leurs responsabilités. La consigne du secret avait été bien comprise et la rumeur était à de grandes manœuvres routinières. Néanmoins, plus les heures passaient, plus la tension se faisait présente.

La réunion venait de se terminer, elle n'avait duré que trois quarts d'heure. Laurent et Yves s'étaient retirés dans le bureau de ce dernier où ils avaient décidé d'assurer une permanence. Deux lits de camp avaient été aménagés dans un coin de la pièce. Laurent avait fait monter des boissons fraîches. Yves Legoff, affalé dans le canapé, sentait venir la fatigue. Il n'avait guère fermé l'œil de la nuit et l'angoisse lui nouait les tripes.

– À mon avis, sur ...

Il fut interrompu par la sonnerie du téléphone et décrocha.

– Oui ? Il est là… Qui ? Il mit la main sur le combiné, Steph d'Armidale, tu es là ?

Laurent fit signe que oui et prit l'appareil.

– Laurent ? Salut, tu as bien dormi ?

– C'est pour t'inquiéter de mon sommeil que tu téléphones ?

– Non, j'ai une surprise pour toi. Tu as un ampli sur ton téléphone ?

– Oui, pourquoi ?

– Branche-le, ça fera plus joyeux.

– ... Tu m'appelles d'où ?

– D'Armidale.

Laurent avait branché l'ampli, Yves Legoff profitait de la conversation, la voix de Steph résonnait dans la pièce.

– Tu es à la boutique ?

– Non, au Canyon, c'est une merveille ces téléphones de voiture dis donc, je t'entends comme si tu étais dans la pièce à côté. Bon Laurent écoute bien.

Il y eut quatre ou cinq secondes de silence, puis un coup de tonnerre éclata dans la pièce, suivi d'un deuxième deux secondes après.

– Steph ! ... Steph, qu'est-ce qui se passe ? Steph !

– Tu as entendu ? La foudre, dis donc ! C'est quand même bizarre où ça peut tomber ce truc-là. Et drôlement dangereux aussi. Il y avait deux alpinistes sur la paroi d'en face. Ils ont dégusté tous les deux. Crac ! Écrasés comme une merde au fond du Canyon !

Troisième coup de feu qui résonna dans la pièce.

– Merde, on dirait qu'Omar fait sa prière ! Ah, le con, choisir ce coin paumé pour rencontrer Allah ! Remarque, il a raison, c'est peinard par ici... Allez, salut vieux frère. Tu as le meilleur souvenir de Michèle.

Steph avait raccroché.

Léon regardait Laurent, bouche ouverte. L'œil interrogateur, ils avaient encore le bruit des trois détonations dans les oreilles.

– Il est possible que nous déployions beaucoup d'activités pour pas grand-chose... Qui sait ? La nature a de ces mystères ! C'est quand même terrible, la foudre !

Il se rappelait Margaret, Margaret qu'il devait inviter pour un lunch, Margaret qui lui avait dit : mon père, il aime bien quand Daniel vient chasser. À cinq cents mètres, Daniel, il t'abat un nuisible d'un seul coup de fusil.

LEXIQUE DES MOTS TYPIQUEMENT AUSTRALIENS

Akubra : chapeau typiquement australien se portant souvent avec le "Driza bone" long manteau typique.

Anzac : "Australian and New-Zealand Army Corps" Armée composée d'Australiens et de Néozélandais pendant la Première Guerre mondiale.

Anzac Day : jour férié le 25 avril commémorant la bataille de Gallipoli en 1915 des troupes de l'ANZAC contre l'armée ottomane.

Aussie (ou Oz) se prononce ozi : Australien.

Australian day : fête nationale le 26 janvier.

Banjora (nom aborigène) : Koala.

Bastard : littéralement "bâtard", peut être un terme d'affection précédé de "good" mais une insulte précédée de "bloody" (sacré, foutu) "salaud" / Bloody bastards : bande de connards.

Billy : boîte en fer-blanc munie d'une anse en fil de fer pour faire du thé sur un feu de bois.

Bloodwoods : eucalyptus du genre corymbia à sève rouge.

Bullshit : (raconter des) conneries. Littéralement "merde de taureaux".

Bush : savane, brousse.

BYO : bring your own (grog) ; "apporter la vôtre", sous entendu :" boisson alcoolisée". Acronyme affiché sur les restaurants n'ayant pas de licence pour vendre de l'alcool mais ou les clients sont autorisés à apporter leurs boissons alcoolisées.

Clairway : Les artères clairway sont des voies qui, pour permettre la fluidité des flux de voitures aux heures d'affluence, sont totalement interdites au stationnement de 7 heures à 9 heures et de 15 heures à 18 heures.

Colbachs : eucalyptus à écorce lisse et longues feuilles étroites.

Dingo : chien sauvage australien.

Dreamtime : (ou the Dreaming) Le temps du rêve : légendes orales aborigènes.

Flat mate : colocataire.

Footy : Rugby australien à 18 joueurs sur terrain rond.

Froggy, froggies : de "frog", grenouille, surnom des Français en Australie.

Gumtree : eucalyptus, (littéralement) "arbre à gomme" à cause de sa résine.

Icebox : glacière portable.

Long week-end : week-end combinant deux jours fériés. Éventuellement un jour férié exceptionnellement ajouté à un jour déjà férié, ceci afin de permettre des déplacements en raison des grandes distances.

Lubra : femme aborigène.

Male chauvinist pig : cochon de phallocrate.

Mate : typiquement australien ; équivalent de "mon pote".

Matilda : baluchon.

Middy : verre de bière de 26,5 cl.

New Aussie : Nouvel Australien, immigrant naturalisé, par opposition à "Aussie born" (natif dans le pays) Utilisé péjorativement et de ce fait proscrit dans les documents officiels.

Oldmate : vieux copain.

Outback : Arrière-pays : les vastes étendues quasi inhabitées de l'intérieur.

"Patrons" de pub : "clients" de Pub.

Pom, Pomme, Pommy : surnom des Anglais en Australie, origine probable d'argot rimant avec pomegranate (grenade) ou Pummy Grant : immigrant, dans cet argot on écourte souvent au premier mot, laissant deviner la fin et la rime. Autre version : POME Prisoner Of Mother England (prisonier de la mère Angleterre) initiales sur treillis des convicts (bagnards).

Prawn trawler : Chalutier pour la pêche a la crevette.

Ranger : garde champêtre, garde forestier, policier municipal.

Schooner : verre de bière de 42,5 cl.

Station : grande ferme d'élevage.

Station wagon : voiture break.

TAB : "Totaliser Agency Board" équivalent de PMU.

Uloo : camp aborigène.

Wet : "the Wet", la saison humide (mousson) d'octobre à avril dans le nord de l'Australie.

Yuwaaliyaay : une des langues aborigènes parlée dans une région du Queensland.